KB113106

밤이 계속될 거야

# 밤이 계속될 거야

신동옥 시집

민음의 시 261

민음사

새벽부터 비다.
함께 우산 쓰고 손잡고 걸었다.
봄비, 일요일 오후 세 시.

돌아와 노곤한 봄을 ᆼ그렸디.
발끝이 간질거린다.
모두 한 뼘씩 자란 거다.

겨우내 줄기 끝에 매달려 노랗게 말라 가던
덩굴장미
잎사귀가 잎자루부터 푸르게 물들어 간다.

시 한 줄 쓰고 고개 돌려 보면
세상이 달리 보였다.
달라져 있었다.

다른 누구도 아닌 당신의 이야기가
모 니희 이아기가, 토루 함세
어디로 가는지 궁금했다.

삶이 계속될 거야.

2019
_沃

**차 례**

# 정릉

팥꽃 오므라드는 담장 아래 거미 한 마리 기어간다. 꽃술을 튕기듯 새로 뽑은 실로 엮은 무늬마다 사로잡힌 몸놀림. 해 다 진 처마 아래 구름을 저미는 빛살. 빈 하늘에 저 혼자 커 가는 꽃대. 빛과 향은 서로 비추며 얽힌다. 새가 집으로 돌아간 다음 밥을 짓고 나비가 꽃을 떠난 다음 마지못해 일어나는 사람들. 저녁이면 화색이 돌았다. 담 너머론 속을 드러낸 살굿빛 그 비릿한 바람 속에서도 저마다 핏기를 씻어 낸 꿈. 가정이라는 말이었다. 귀 기울이면 풀벌레 기어가는 아우성. 매달린 이슬마다 숲 한 채씩 이고 진다. 말갛게 가라앉는 지붕 아래 쪽창으론 소금에 절인 잠과 꿈. 게거품 몽글몽글 토해 내는 불빛으로 겨우, 사람이라는 말이었다.

# 안목

대낮인데 어둠이 바다를 뒤덮는다.
그림자가 있다면 어딘가 빛이 있다.
빛이 남아 있다면
어딘가에는 반드시 이생을 주시하는 두 눈이 있다.
내내 눈을 감고 있었는데 모든 것을 보았다고 말했다.
흔적을 남기지 않고 뒤엎는
물의 장막,
마치 이 순간이 마지막이라는 듯
눈보라는 바다 한가운데로 날아든다.
시간은 늘 시침을 벗어난 자리에서야
흐르기 시작했다.

# 숨과 볼

여기다 써
세상에서 가장 원했던 것을
태어나 한 번도 배우지 못한 꿈을
그게 무인지 밀하지 마
여기 다 집어넣어.

이제 병을 바다에 던지는 거야
아니 강에 던지는 거야
솜이불 같은 안개 속에서도
달빛은 물결마다 아늑하니

물은 결국 바다로 흐를 테고
만일 이게 바다를 건넌다면 모든 게 이루어지는 거야.

누군가에게는 꿰어 맞추어야 할 우연이고
누군가에게는 시련으로 넘어서야 할 시험이
젖어 곤죽이 되어 버려져도
유리는 살아남아서

깨지면 거울이 되고
녹으면 빛이 될 말들이
목구멍에서 병목으로
자맥질한다.

마치 귀신이 잡아당기기라도 한다는 듯이
수많은 병이 길을 잘못 들었고
가라앉았고
인간은 입이 있다.

편지가 젖어 곤죽이 된다 해도 애당초
유리의 생사에 한몫 건 것.
그 모든 사연을 삼켜
투명한 주둥이마다

이미 드러난 상처
할 말을 잃어 가는 순간순간
기억은 두께를 더해 가고

애초에 바다는 없었다
없는 바다를 건널 희망도 없었다
써야 맞겠다.

허락된 것만으로 물길을 거스르기에는
늘 숨이 찼기에

유리공은 볼이 부르텄다.
금세 울음이 터질 듯한
숨을 옥쥔
입술로

유리가 배를 부풀린다.
유리공이 물살을 가른다.

# 하동

하동 가려나, 내 삶은
소년이 없다 그이는
비둘기호 타고 달아났다 동쪽으로
진주까지만 가자 싶어 처음 건넌 강은

별이 똥을 누러 온다는 옛말 은빛
모래 아래 재첩이 여물고 송홧가룬 멀리
고성 통영을 넘어간다는 뜬소문
그 밤을 거기, 혼자 저물도록

눈 감았다 이제도록 눈앞에 펼쳐진 모든 것들이
물빛 너머로 흩어질 때까지 비워 둔 자리마다
가시 돋친, 솔잎은 바람을 많이 들여서
둥치마다 억척스레 감아 오르는 덩굴손

학교 같은 건 때려 치자 강 따라 트럭을 몰며
티브이 세탁기를 등짐으로 져 나르기 한 해
모래는 깊었다, 스물다섯 초봄
엘지 오백 리터 냉장고를 들쳐 메고

조각배에 옮겨 싣고 견인줄을 잡아끌며

걸어온 길을 되짚어 건넜다
강 끝은 절벽이더군, 너머로는 옥룡 다압 옥곡
별천지처럼 물길 하나를 사이에 두고 뻗어가는
널따랗고 탐스런 이파리 활엽교목들

바람 한 점 없는 가지를 매화꽃 날리던
서른셋, 봄 가고 남김없이 져 버려라 영영
어두워지기를 기다려 남은 해 다하도록
벼리고 또 벼리던 빛살은 모래 알갱이 사이사이

뒤채듯 지듯
물이랑을 바늘로 찍어 누르는
달빛 점묘, 모래는 새하얗게 달아올라
이제도록

벗굴이 살찌고 은어가 돌아온다는
하동, 가려나.

# 고래가 되는 꿈, 뒷이야기

어디 고래뿐인가?

기역으로 시작하는 말 중에 고래, 고사리, 공룡은

종교다. 화석은 완벽하게 물기를 증발시킨

믿음이 증명하는 꿈이다. 고고학에 기대지 않더라도

물이 기화하는 속도를 세포 단위로 재 가며

시간의 죽음을 셈해 본 무언가가 있었다.


고대에는

그런 믿음을 파는 이들을 고래 전도사라 불렀다.

물은 물 밖에서 봐야 아름답습니다

별은 별 밖에서 봐야 아름답듯이

인간이 별 밖에 살지 않고 물 밖에 산다는 것은 축복이

지요

고래 전도사는 유장한 가락을 이어 갔다.


고래교를 믿고 따르던 사람들은

망설임 없이 물속으로 뛰어들었다.

고래 전도사는 절벽을 마주했을까?

고래는 어떻게 되었을까?

당신은 생각한다.
고래가 저주에 사로잡힌 것은 아닐까.
고래가 악몽을 믿었던 것은 아닐까.

적어도 고래라면
그렇게 생각하는 쪽이 속 편할 일 아닌가.
지느러민지 발가락인지 모를 뼈다귀가
히말라야 눈 더미 속에서 안데스 습지에서 발견된다.
잃어버린 고리를 기워서 마름질하면
고래 지도라도 쓰이나?
나날이 새로워지는 것은
한 걸음씩 이어 가는 발길과 발아래 고이는
빛과 그림자다

물속에서는
몸이 환한 어둠이라도 삼킨 양
매일 밤을 죽어 가듯 잠들고
매일 아침 새 꿈에서 깨나듯 숨 쉬겠지.
아무도 모르게

몸속 어딘가 굴을 파고 세포에 공장을 세우고
거길 온통 물로 채운 악몽이 있다.

물은 고이고 빛은 흐르고
물이 있다면 고래는 태어나고 고래는 썩는다.
그러나 기억하는가?
당신이 처음 모국어를 접했던 순간을
당신은 울었다
이제 혼자 남겨지는 건가
하고 낯선 천장을 올려다보면

누구랄 것 없이
핏속에서 고래 한 마리쯤 물살을 헤집는 떨림을 예삼
한다.
억겁 우주가 한 방울로 응결하는 것이 순간이다.
이제 혼자 남겨지는 건가?
저마다 제 발등을 걸어 절벽에 선 기분
팔꿈치로 기어서 물속으로 자맥질하는 듯
지독한 꿈은 지독한 현실이다 악착같이

전진 또 전진하다가
당신이 처음 마주한 문을 앞에 두고
쥘 수도 놓아 버릴 수도 없는 문고리를 움켜쥐었다면
그 다음은 문고리를 돌리는 거다.
이 방에서 저 방으로
저 방에서 이 방으로
문 뒤에 누가 숨었는지도 모른 채,

당신이 고래를 쓰겠다면
돼지가 인간이 그게 무어건
고래가 되었다고 쓸 수 있다. 그게 무어건
달리고 달려서 막다른 길에 다다른 다음
고래 전도사의 달콤한 꾐에 빠져서
제 발로 물속으로 걸어 들었다고
고래발자국이 피어나고 전생이 열리고
그러고 나서는

그러고 나서는?

그 짐승은 어쩌다 그렇게 커졌는가?

그 꿈은 어쩌다 그렇게 비대해졌는가?

노래가 되어서

파동이 되어서

맥박이 되어서 항진하는 꿈을

우스꽝스러운 몸뚱이와 나란히 놓고 보면

그건 열기가 아니라 한낱 어리석음에 불과하지 않은가?

그게 꿈이라면


차라리 못 먹을 걸 먹고 앓는 횟배 아닌가?

꿈 비슷한 건 닥치는 대로 먹고 보는 이식증(異食症) 아

닌가?

당신은 묻는다.

누가 걸음과 박동과 파도를 가르는가?

누가 옹이와 지느러미와 발가락과 날개와 넝마를 구분

하는가?

고래 심장으로 뛰어들어서

고래 자체로 육박해 가겠다면

마침내 당신이 고래라면……

고래는
늙은 선원처럼
제힘으로 침몰시킨 뱃머리에 기대어
지는 해를 본다.

# 후일담

눈물을 없애면 기억이 사라진다

피와 숨을 들이켜며 진땀을 흘릴수록 두꺼워지는 것은

표정이다 끝났습니다 이제 그만 유모차를 끌고 집으로 돌아가세요

누군가 문을 두드리며 밤새 달려 다녔고 결말을 보지 못한 채 집으로

돌아가는 길은 그대로였으나 걷는 모양새는 저마다 달라졌다, 그리고 다음 날

그다음 날 온종일 일을 했지만 싸움은 아직 끝나지 않았다고

누군가 선언했다

핸드폰 속에서 옛 진구를 새 친구로 갈아 치우고 아는 사람을 가려 만나고

모르는 물건을 사 쟁이고 집을 옮기고 행간을 바꾸어 가며 병아리가 될지도 모를

아메리칸 브랙퍼스트를 곁들여 가며, 부패한 것은 플롯이었는데

싸울 자들은 알고 나면 친구였다 무언가 잘못되어 가고

있는 것 같아

　어제까지만 해도 이유가 분명한 싸움이었는데


　창 너머 길 건너로는 무언가에 짓눌린 듯 몇몇
　묵묵히 서 있고 더는 나빠질 영혼도 없다는 듯 엷은 초
록빛으로
　따사로운 볕이 드는 광장 한편에는 생장을 접고 속생각
에 사로잡힌
　나무들, 말라 비틀린 이파리는 영문 모를 바람을 타고
하늘로 솟구치고
　달려가며 찢어지는 구름 틈으로는 변함없이
　빛살이 내리긋는데


　길바닥은 여선히 자고 누군가는 여전히 더 많은 땔감이
필요하다
　모두가 저마다 타당한 결말을 가지고 있는데 그다음은?
　그다음은 어떻게 되었는가? 모두가 아는 그대로
　그다음 이야기는 너무 슬퍼서 읽을 수가 없다 기가 막
혀서

읽을 방법이 없다, 어쩌면 모두가 실수한 것
이야기에 대해서라면

모두가 무지했지만 염치가 있었고
저마다 충분히 대가를 치르고 싸웠기에 즐거웠으며
이야기는 대부분 날을 새워 가며 치러졌기에 밤은 자정
을 지나고서야
움직이기 시작했고, 어둠 속에 손을 뻗어 서로의 표정을
더듬으며
줄거리가 어떻게 되어 가는지 혼잣손으로 셈하고 셈하며
그 무성했던 소문과 노래와 냄새들 사이로 아이들은 자
라났고
집을 잃은 자늘처럼 계설이 돌아와도

기어이 침묵으로
거두어지는 대단원, 맨발로 서릿발을 밟으며
바란 적도 없는데 씻은 듯 나아 버린 이적(異蹟) 속의 병
자처럼
완전히 물오른 증오와 열기로 후끈거리는 대기 속에 뿌

리를 한 뼘

더 내리는 나무는 뼈가 시리다 그 광장에서
서리와 눈보라를 딛고 선 나무는 질려 간다
온통 푸르스름한 정맥으로 뒤덮인 듯

미몽에 사로잡혀 사는 것이 삶이라면
하루하루가 혁명이고 창세기다 그래서 그다음은?
다음은 어떻게 되었는가? 이야기는 언제나 줄거리 바깥
에서
등장인물들을 점지했다 새는 여전히 철탑 위에 앉아 울고
나무는 동상 아래로 뿌리를 뻗어 가는데 어쩌면
거기까지가 이야기의 얼개 또는 지도

역광을 쏟아붓는 길 위에서
끝없이 갈래를 치는 길 내음을 맡으며
이야기에 취해서 그 지독에 숨이 멎어서 누군가는
여전히 저만의 지옥에 꽃을 심는다, 그이의 몸뚱이에서
그이의 눈 코 입으로 촛농이 지글거리는 소리
고깃기름에 짚단이 타는 내음

꿀벌이 집을 짓고 개미가 굴을 파고
새가 둥우리를 올리듯 짓는 동시에 허물어지는 이야기
결말이 없는 흐름이 전부인 이야기 몇 줌의 흰 별을
얼음장 깔린 광장에 흩뿌리며, 정적 속에서
흐느낌은 더욱 선명한 메아리를 만들어 냈다
서리가 소금처럼 내려앉은 뒷골목으로는 여전히
길을 재촉하는 촛불들

발뒤꿈치에서 길은 한 뼘씩 내려앉고
언젠가 모든 것이 한데 흘러들었던 광장을 되살리는
무서운 깊이, 촛농을 빠져나와 구름이 되어 비를 뿌리는
습기 그 비릿한 꿈속에서 목을 놓아 불렀던 이름늘은
여전히 이야기 바깥에 있고
이제는 아무도 대답하지 않는다

사나운 꿈을 꾸었나 봐
자장가를 멈춰 줘
싸움은 적당히 즐거웠고

대가는 이미 치렀다
다만 약간의 실수 약간의 계산 착오
실패는 없었다 주인공도 없었다 그리고 그다음은?
그다음 이야기는

너무 슬퍼서 울화가
치밀어서 읽을 수가 없다
읽을 방법이 없다 모두 같은 꿈을 꾸었는데 아무도
꿈이 강이 되어 흐르는 것을 보지 못한다
못할 것이다 살아 있는 한
그 꿈의 강변에는
지쳐 잠든 누군가가 숨을 헐떡이며 누워 있고
끝을 보지 못한 채 흘러가고 흘러니오는
이야기 이야기 다시 이야기.

# 송천생고기

감자탕 전문, 간판에 불도 밝히지 않은 살림집인데

깡통 탁자 셋 한 평 반 마루에 밥상 둘 주야장천 속을
드러낸 통유리 너머 쪽문으로는 철 따라 피고 지는 꽃 덤
불 장독이 한 무더기

주인 내외는 일없이 바쁘다, 택배 받아 주랴 말참견하랴
한나절 늘어지게 자고 가는 이가 있대도 천하태평이다 생
고기에 감자탕을 내던 것이 언제 적 일인가?

메추리 알 듬성듬성 올린 장조림에 기름종이처럼 건너
편 얼굴이 훤히 비치는 깻잎 김치가 일품이라고들, 단골은
일곱이다 그나마 둘은 진작 세상 버렸고

저마다 속사정으로 여태도 한 자리씩 차지하고 앉았다
한 뿌리로 얽혀 살다가 맥없이 말갛게 햇빛에 녹아 사라질
고드름처럼 애면글면

버릇이 들 때까지 도맡아 매질하던 욕쟁이가 하나 엄마

들은 한결같이 힘세고 팔뚝이 굵었겠거니 아이들이라야 길에 풀어놓으면 알아서 자랐겠거니

생고기라야…… 다 한동네서 나고 자라며 뒤엉키던 시절 이야기다

땅 없이 밥장사는 없고 밥 없이 역사하는 바보는 없다지만 장화 벗어 모자 걸쳐 두고 술을 치다 보면 흡뜬 눈알마다 실핏줄은 뻗어 가고

타고난 팔자에 맞춤한 허황한 내력 하나 허투루 구하지 않으려는 말싸움, 연장에 세간 달랑 지고 집 떠나온 사람에게 나라가 무슨 소용이며

법이 다 무슨 말인가 싶다가도, 갈래갈래 가지를 친 꽃나무 아래 엎딘 돌멩이처럼 가는 방향을 잃고 뒤섞이는 소리

없이 사는 치들이야 손끝이 예민해서 만지는 족족 빛을 틔워 내고 내뱉는 족족 이파리 하나쯤 피워 내는 젓가락

장단

　누가 금수의 웃음과 새들의 노래를 구분하고 거미줄에
엉기는 헐벗은 달빛의 온기를 헤아리겠는가, 마는 요즘이
야 없이 사는 사람이 어디 있나

　냉소가 정치를 불붙이고 배덕이 신앙을 완성하듯 생고
기는 붉어서, 저 남녘 어디 넓고 너른 벌판 한가운데 띄엄
띄엄 벌리고 나앉은 민둥산 모양

　맨송맨송, 일없이 말끔한 등짝이나 마주 괴고 앉아서.

# 순록

꿈속에서, 스스로 병들어
가여운 한 마리 짐승이라 여겼겠지.


마른바람이 마른바람을 만나 불이 되고
마른눈이 마른눈을 만나 칼이 되고


눈바람에 뿔이 갈리고 귓불이 데도


폭신폭신 보드라운 털 좀 봐.
따스한 숨결을 한가득 품고


추위에 얼어붙지 않은 입김으로
부은 발굽에 끼인 얼음을 핥아 가며


그렇게, 녹아내리는
얼음 호수에 혼자 버려진 꿈을 꿨겠지.


여린 등성이에 쌓였다간
목덜미를 타고 내리는 눈발을 날름거리며.

# 솔리스트

모든 중심에서 그림자는 갈라진다.
그림자마저 쓰러지고 나서야 발각되는 비밀이

반원을 그리며 미끄러지다가
숨을 옥쥔 채 등허리를 우그리고 버틴다.

모아들이다가 벌려 서다가
수직으로 치오른다.

머리카락 손가락 발가락
끄트머리란 끄트머리는 한없이 늘여 가며

끊어져 가는 힘줄 위에서 길을
안무했다, 가물거리는 불빛을 헤아리며

그려 온 별자리의 이름은
백조거나 천칭이거나

불붙는 건반이 솟구치고 찢어진 북이 날아간다.

서로를 죽은 몸으로 사랑하려
살을 찢고 마디를 드러낸 두 개의 무릎을

한 점으로 끌어당기기 위해
지축을 찍어 누른 발끝

꽃가지처럼 휘어지며 돌고 도는
중심.

# 시작노트

어린 시절, 철로에 앉아 해바라기하곤 했지.
녹아내리는 부젓가락처럼 뻗어 가는 레일 위에
구슬이며 동전을 올려 두고 엎디어 기차를 기다렸어.

불꽃이 지나간 자리마다 눌어붙은 유리와 쇠
뭉개져 형체를 잃은, 도무지 기원을 짐작할 수 없는
문양을 긁어내 만질만질한 목걸이를 만들어 걸고 다녔지.

먼 길을 돌아 그곳에 다시 서 보니 역 광장은 손바닥만
하고
침목 아래 자갈밭으로는 이름 모를 풀이 무성하더군.
역시 가장 좋은 길은 한 번도 가 보지 않은 길.

나는 바랐지. 아버지들이 짐승을 만 마리쯤 죽이고 피를
마신 도살자이기를
그 피가 내 몸뚱이를 가득 채우고 흐르는 양을 문장이
견디어 주기를……
역시 가장 좋은 아버지는 아직 태어나지 않은 아버지.

못다 쓴 마침표, 줄임표, 구두점 들 모두 모아서
그것들 마치 씨앗이라도 되는 양 파종하고 나면
행간에는 또 무슨 꽃 피어 벌 나비를 불러 모을까?

온순한 새와 달팽이를 노래하는 꽃망울에 대해 쓰렸는데
줄곧 비밀과 허방에 대해 썼다.
역시 가장 좋은 시는 아직 쓰지 않은 시

여태껏 내가 지은 빈집에 들어앉아 곱은 손을 녹여 가며
밤새워 뒤척이는 여린 것들 손을 잡고 조용히 미쳐 가는
이제는 저 행간보다 내 마당이 더 따뜻해 보인다.

그러니 꿈꾸지 마라, 다른 세상은 없다.
이파리에 아가리를 숨기고 날개에 쇠리를 물고
나비는 빛 속에서 태어나고 뱀은 그 빛을 되삼킨다.

# 자화상

철길 아래 외딴집 기차는 하루 두 번 지난다. 철길을 따라 먼 길을 떠난 나는 어느 날 돌아온다 불쏘시개 한 짐이젤 하나 달걀 두 줄을 이고. 돌아와 죽어 가는 식구를 그린다. 사라지는 것들을 그리기 즐겼거든. 목탄으로 윤곽을 잡고 달걀을 섞은 물감으로 색을 입힌다. 죽어 가는 식구와 함께 겨울을 난 꽃나무 아래로 색색이 티끌이 가득.

이제는 발가벗은 몸만 그린다 비밀은 잠든 사이 눈뜨고. 문밖으론 새로 지은 교회당으로 뻗은 서릿길. 깨어나면 새로 돋은 상처. 이건 뭐지 전에 본 적 없는 건데. 없는 사이 집을 차지했던 식구는 모두 떠나고 이제는 이상한 창을 낸 외딴집 온갖 수상한 것투성이 집. 여긴 사람 낚기는 좋아 그림자들이 제법 굶주렸거든. 햇살온 허옇게 센 머리카락을 투과해 맞은편 벽에 어룽진다.

눈물 천 줄을 욱여넣은 편지 한 통 부쳐 줘 색을 놓아 칠하게. 철길 아래 외딴집 기차는 하루 두 번 지난다.

# 도깨비불

낮부터 흐리더니 비가 내렸다. 빗방울에 벼락이 치고 퍼런 불이 허공을 떠돌았다. 태어나고 있었다. 태어나자마자 곧 일그러졌다. 그림자들이 벽을 기어 다녔다. 빗방울이 눈앞을 벗어나는 순간 세계는 숨이 멎나. 내리는 빗줄기 속에서 비를 바라보는 자는 이미 죽은 자다. 빗방울은 입김에 휩싸여 줄기가 되었다. 오래된 책장을 넘기는 손길처럼 낱낱이 펼치더니 밤을 새울 듯 춤추며 날아다녔다. 파랗고 아늑한 불길이 일었다. 불길 속에서도 젖지 않은 손가락으로 서로를 가리키며 쏟아졌다. 쏟아질 때마다 다시 태어나고 있었다. 이따금 남은 빛으로 몸을 감싼 채 떨고 있었다. 모든 게 저만치였고 혼자였다. 내리는 빗줄기 속에서 저마다 세계를 소외시켰다. 내리는 빗줄기로 저만의 세계를 재현해야 했다. 내리는 빗줄기의 나머지 몫을 찾아야 했다. 저만의 구름을 찾아 거슬러 올라야 했다. 저만의 구름 속에서 저만의 빗방울을 찾아 그리 스며들어야 했다. 춤추며 허공을 떠돌았다. 태어나고 있었다. 빗방울에 벼락이 치고 밤새 계속됐다.

# 극야

밤이 계속될 거야.
별들은 낙과처럼 떨어질 테고

빛이 씨앗처럼 땅속으로 숨어든 다음, 눈먼 사람들은 말마저 잊어버리겠지.

한때 우리가 이어 갔던 문장들은 모두 공기 속으로 흩어졌어. 오직 공기만이 서로를 불렀던 다정한 울림을 간직하고 있어.

매캐한 낙진으로 서로 아꼈던 친근한 사물들의 거리를 더듬을 때, 빛도 소리도 없는 그곳에는 흙먼지가 쌓이고 이끼가 자라고

얼음이 덮이고, 마침내 끝을 짐작할 수 없는 빙평선이 도시를 잠식할 때, 짐승을 피해 도망 다니던 사람들은 짐승의 울음을 익히며 떨다가

짐승의 젖과 고기로 배를 채우고 그 가죽으로 옷을 해

입겠지. 살뜰하게 발라낸 뼛조각으로는 불을 피우고 남은 불씨는 묻어 두겠지.

김승의 말소리로 슬부짖으너 서도에게 실을 알려 주고, 이따금 이유 없이 폐허가 된 도시를 향해 손을 흔들다가는 어둠 속에 등을 걸어 둘지도 몰라.

빙평선 끝으로 누군가 돌아오기라도 하는 날에는

눈밭에 오래 묻어 둔 꽃을 꺼내 벽도 지붕도 없는 창턱에 걸어 둘 거야. 대기권을 향해 돌진해 오는 혜성처럼, 긴긴 머리카락 속에 별빛을 숨기고

누군가 돌아온나년, 놀아와 기나긴 밤이 영영 저문다면, 모두 녹아 잠들겠지, 쏟아지는 빛살 속에서 앙상한 웅얼거림이 모여

숲을 이루는 꿈속에서 온몸 가득 채우고 흘러넘칠 빛으로, 옹알이부터 다시 배우겠지.

# 홍하의 골짜기

바람이 페달을 밟나 봐
아득하게 울리는 풍금 소리.

당신이 떠나고 더욱 멀어진 골짜기 언덕으로
눈은 우리가 알던 모든 것을 파묻고 녹아 흐르네.

맹렬하게 사라지는 희디흰 빛 속에
갈기를 세우고 내달리는 물줄기의 계절감.

떨지 않고 울지 않고
침묵으로 닳아 가는 돌멩이의 마음가짐으로
식탁보에 싸서 흘려보내던 슬픔을 기억해.

떨리는 손끝으로 빚어낸 그늘만큼
다시 숲을 키우는 꽃 덤불 볼까.

세상 모든 길은 당신 눈동자로 흐르고
아득하게 울리는 풍금 소리.

산 너머 다니던 나의 사랑
밤은 우리의 마지막 뼈마디여서
물살에 부서져 더욱 빛나는 당신 눈동자.

# 두부의 맛

어느 해였던가, 묵은 콩 시루 군내 나는 살림을 박차고 나선 나는, 말간 간수 샘솟는다는 어느 마당 높은 두붓집 찾아 심부름이나 나선 것뿐이었는데

젖은 모래 팍팍한 걸음걸음 잔뿌리 뻗어 가는 길 따라, 베주머니 같은 달빛을 이마에 받으며 찰박찰박, 오래도 걸었나 보다. 민물이랑 짠물이랑 만나 소금 바위가 솟았다는

뱀딸기 달뿌리풀 기어가는 둔덕에, 늘어진 콩 줄거리처럼 마르고 시린 몸을 누이고, 영영 깨지 않을 마디 깊은 잠에 취해 설핏, 깨어 너를 만났다.

내 이력 없는 병은 콩물처럼 스며들어 지치고 야윈 네 정강이 사타구니를 은은한 빛으로 물들였고, 돌아보면, 콩 꼬투리 팡팡 터지는 밤을 우린 참 많이도 뒤엉켰다.

달빛에 누렇게 여문 눈동자 속에 짜고 가난한 눈빛을 오래 우려내자. 뜬세상 비지란 비지는 모조리 가라앉은 맑은 웃물에 몸을 씻자, 거기 집 짓고 살자.

몽글몽글 피어오르는 구름 아래 흐르면 흐르는 대로 틀어지면 틀어지는 대로, 생선 비린내 채 가시지 않은 나무 궤짝 열기달기 들어 맞춰, 콩쪼투리 십 짓고 살자.

줄기줄기 터지는 알알이, 마당은 깊어서 나날이 자라는 것인데, 귀퉁이마다 서로의 이름을 새긴 덩굴을 심고 이마가 어여쁜 아가를 보겠지.

그렇게 몇 해 서로를 껴안고 물기 쫙 뺀 자장가나 흥얼거리며 지나왔던가. 그 정하다는, 피처럼 정하다는 간수도 없이

이세나서제나, 서둔 젓가락질 한 번에 몰캉 잘려 나가는 두부의 맛.

제멋대로 고여 굳어 가는 시간은 어느 장인이 빚은 앙금인 듯, 악착같던 덩굴손 끄트머리 하얀 속살 얼비치는 베갯머리에, 잠시 누웠다 깬 것뿐이었는데.

# 벚꽃 축제

꽃구경 가잔 말
새순처럼 보드랍단 말
이녘의 꽃을 이생의 바람이 마저 피우겠단 말

기억해야 할 꽃이 너무 많았다
곱씹으면 시간을 멈추는 단어를 알고 있었는데

너는 여전히 바위 그늘 아래 숨었다
너는 여전히 건너에서 손 흔들고 섰다

마른하늘에서 바람에 베인 이파리 하나 눈을 뜬다
이슬에 껍질을 벗는 벚나무의 푸른 입김

졸아드는 꽃잎만큼 하늘은 커 간다
지옥에서 천국을 찾는 숨바꼭질

꽃은 매번 다시 태어나고 삶은 은닉된다

꽃은 생각한다

너는 아름답다

꽃은 자유롭다
이생으로 소풍을 와서
삶에도 한복판이라는 말이 허락된다면

너는 아름답다

이파리가 가지와 줄기를 잇듯
꽃피는 지도로 얼룩진 땅
두 손으로 일군 고랑은 수의처럼 뻗었겠다

알록달록 꽃싸움 지도 한구석에
오래 도사리고 앉았으면 고랑이 패서
엉덩이께 어느새 축축하다

숲에서 아름다운 꽃이 태어났다
사람들이 숲으로 몰려갔다

기억해야 할 과거가 너무 많았다
꽃은 더는 재기할 수 없을 것 같다

얼음에 덮인 꽃대를 녹이는 새를 본 적 있다

노란 부리에 까만 혀를 날름거리며
숲에서 아름다운 이야기가 피어났다

사람들이 숲으로 몰려갔다.

# 봄빛

겨울 숲,
갈기갈기 달아나는 하늘 봐라.
불도 바람도 남김 없는 꿈속에 다시
봄빛, 사박사박
앙상한 웅얼거림이 모여 숲이 되는 꿈.

# 이 동네의 골목

오래전에 뼈를 묻은 듯한 골목이다. 여기서부터 사람이 사는 행간이다. 입에 파이프를 물고 있던 그 많은 시인은 모두 어디로 갔나? 제 꼬리를 먹어치우며 점이 되어 가는 뱀처럼

그림자를 삼키며 가늘게 뻗어 가는 길, 막다른 길 끄트머리에 누구고 한번은 식구의 이름을 정성스레 새겨 넣은 화초를 키우던 시절도 있었을 테고

떠나온 자리마다 죽은 뿌리를 깊이 심어 두고, 잎 진 자리에서 마른 흙을 퍼 담아 베갯속을 대신하며 더운 꿈을 식히던 밤도 있었겠지. 내게도 집이 있어서

구름 속에 찻상을 내오고 꽃 덤불 속에 밭을 갈던 시절의 전설은 어느 마을의 일이었던가. 울타리마다 사철 꽃이 이름을 다투어 피고 멀리 숲에서는 쉼 없이 잎이 지던 시절, 이렇듯

문장 하나로 폐기한 꿈을 스스로 방점 찍도록 이어 가기

는 쉬운 법, 그 모든 꿈이 실재하는 동안만큼은 완강한 현실이었을 테니, 저 막다른 골목

나란하게 박아 둔 문기둥마다 낮게 솟은 박공 끝점으로 모인 한 점 별빛, 세간을 들어낸 자리마다 시커먼 아궁이 남기며 흘러든 성동격서(聲東擊西)의 불빛들

마치 나도 모를 어딘가로 치달아 가는 말 목덜미를 껴안고 잠들어 골목을 유람하는 듯, 내게도 집이 있어서 담벼락은 적당히 높고 마당은 매일매일 자라는 것인데

다시 어디에 뿌리박건 떠나온 자리마다 마당 하나 남겠지. 이 무산한 행간을 벼나 나시 어디루 떠돌건 구향에는 늘 친구 하나쯤 남아 기다리겠지.

여기서부터 다시 사람이 사는 행간이다. 누가 먹구름으로 꽉 쥔 마개로 하늘을 틀어 잠갔나, 한 장 딱지에도 휘청이는 담벼락 지붕들. 오래 묵혀 둔 착상들이 줄지어 두서없이 비 내린다.

# 마샤와 곰

세상 모든 어른들을 한데 모아 한 마리 곰으로 빚으면 미슈까, 이건 그다지 새로울 것도 신날 것도 없는 이야기

곰은 늘 어딘가 혼자 처박히길 바라고 아이가 자라는 나무집은 늘 난장판이다 곰은 장기판을 들고 호숫가를 어슬렁거린다 아이는 해묵은 부엌을 뒤집어엎기 일쑤, 늑대는 굴을 버리고 언덕으로

토끼는 금세 마당으로 돌아와 당근을 심는데, 미슈까 어른이란 뭘까 마치 집이라는 항구를 찾아 떠도는 도깨비처럼 이 땅에 여태도 믿을 만한 뭐라도 남았다는 듯이 머리카락을 쥐어뜯으며

'이제 아무도 날 사랑하지 않는구나 어서 여길 떠나야겠어' '시간이 되었어 떠나기 전에 볼에 입을 맞추고 도착하면 전화할게' '나는 곧 떠날 거야 거기서 내가 해야만 하는 걸 찾아야 하거든'

모두 새빨간 거짓말이란 걸 알지만

모두 판에 박힌 대사라는 걸 알지만

미슈까, 아이들은 털북숭이 팔에 안겨 잠들었다가 날마다 다시 태어나고 황금빛으로 물든 가슴팍에서 매일 새로운 길을 꿈꾼다, 해안을 따라 유영하는 돛단배처럼 봄눈 아래 새순 꿈틀대는 흙무더기처럼

이따금 딸아이를 배 위에 눕히고 잠들면 꿈속에서 아이가 입고 먹은 하루치의 이름들을 곱게 개어 놓고 아이가 새로 익힌 단어를 골라 일기를 쓴다 '아빠도 알아 그게 무언지 모르지만 네가 어떻게 그럴 수 있는지는 모르겠지만'

'내일은 꽝꽝꽝에도 가고 작은 문방구에도 기고 기린도 만나고 벌이 없는 꽃도 한 아름 따 와서' 모두 새빨간 거짓말이란 걸 알지만 미슈까, 어떻게 그러지 않을 수 있겠어 만일 이 세상이 종이라면 색연필이라면 냄비 뚜껑이라면

만일 이 세상에 군대가 있다면 천사가 있다면 법이 있다면…… 우리는 이미 세상 모든 곳으로 뻗은 길을 나누어

가졌고 우리에겐 무엇보다 어마어마하게 큰 법랑 냄비가
필요하겠고 먹어도 먹어도 사위지 않는

　달콤함으로 가득 채운 진홍빛 수프와 달빛, 세상 모든
아이들을 한데 모아 한 꾸러미 털실로 빚으면 미슈까, 아
마도 곰이란 아주 오래전 옛날 하고도 옛날 주머니 속에서
바수어진 막대사탕 같은 것.

# 제동이

호박 찰떡 대추 생강차 취나물 봄물 김치 라면 한 상자 배급받았다 사회복지사가 이마를 짚고 가자 고지서가 날아왔다

할머니 나야 이제 집주인을 다 몰라보네

지난겨울에는 혼자 너무 따뜻하게 입고 산 거 아니야 악마는 제동이 북슬북슬한 털에 꿰어 한 삽에 저승에다 묻어 버려라 그깟 썩은 몸뚱이 묻으려고 구덩이를 파는 일이라니

제동아 우리는 같은 침묵을, 같은 치매를 나누어 가졌지 자고로 기억은 문중 재산이고 치매는 사극이다

마치 다른 꽃을 씨 뿌리는 열매처럼 다른 비구름을 몰고 오는 산봉우리처럼 저마다 다른 파도를 품은 바닷가처럼

이제 내 이야길 들려줄게 이게 끝이야
그건 꼭 내 얘기 같군 내 인생보다 백배는 나아 보여

제동이 검은 달팽이 뿔 눈에서 달이 경적을 울리네
아무에게도 들키지 않게 너한테만 말해 줄게

지하로 이어지는 계단은 여섯 어둠 속에서 벗어나는 발
길은 여덟 화장실 문고리까지는 노끈을 잡고 가면 된다 대
문을 나서서 큰길까지는 서른

날이면 날마다 처음 보는 정겨운 인사도 받고 제동아
나는 좋은 사람들 곁에서 행복하게 살고 있단다

제동이는 남편 이름 큰아들 이름 손주 이름 앞집 아가
이름 그 아가 아빠 이름 그 아빠 대통령 이류

제동이는 길짐승이지만 날 줄도 알지 애써 길들여 놓은
짐승 목에다 줄을 걸고 입을 틀어막고 나서야 두 발을 뻗
고 잠자는

주인님들과

그 방바닥 아랫목

한 자리에서 발효했고 끓어올랐다 가는귀 없이도 한세
상 노래란 노래는 태어났을 테니

제동아 나는 한 번도 고향에 살아 본 적이 없다
살아 본 적도 없는 그곳에 묻히려는 욕심에 기억을 묻
었다

날이면 날마다 새로운 인사 새로운 입맞춤 누구에게도
들키지 않게 비밀 하나 가르쳐 줄게, 제동아 나는 매일매일

좋은 사람들 곁에서 행복하게 싫고 있다다,

# 눈 내리는 빨래골

옆 동네에 시장이 이사 왔다 고릿적엔
궁에서 쫓겨난 무수리들이 달빛에 멱을 감기도 했다는데
거기 케이블카를 놓고 쉼터를 만들겠노라 약속하고
시장은 떠났다 우리 집은 언제나 이 세상의 중심에 있다
옆 동네는 아시다시피 길음2재정비촉진구역

래미안이 들어섰다 회색 골조가 다 올라갈 무렵
언덕을 만들고 쇼윈도를 달고 거대한 대문을
세웠다 무슨 고대의 아크로폴리스라도 되는 양
토가를 걸친 일용잡부들이 드나들다가
마지막으로 한번
머지않아 마저 일어설 미래의 집을 올려다본다

더러운 역사도 진창도 다 좋다고 했던가 그 설웁던
생활도 끝 종교도 끝 혁명도 미국도 모두 모두 끝
洙暎이 살았던들 래미안을 시로 쓰진 못했으리라
길음동이니 송천동이니 삼양동이니
청승맞은 골 골
흐르다 못해 푹푹 찌는 여름 한낮

온몸에 연기를 피우며 바삐 움직이는 사람들, 여태도
밥을 해 안치고 뙈기밭에 고추 모종을 심는다
뼈 빠지게 꿈을 꾸다 보면
어느새 시장 뒷골목에 시린 코를 박고 퍼질러 누운
이제나저제나 노동자는 몸을 쓴다 기름때 묵은 영혼으로
꿈속에나 살아 숨 쉴 물신(物神)을 이편 현실로 건넨다

목수 신 씨에게는 망치가 미장이 노 씨에게는 붓이
문제다 망치와 붓은 그들의 눅진한 뼈와 살로부터
삶을 완벽하게 발라낸다 누구도 저 자신의 고기는 아니
어서
신 씨라 해두 노 씨라 해도 먹는 동시에 기를 수는 없고
인간은 짓는 동시에 살아 낼 수 없다

시장이 삼복을 나던 옥탑 위에도 모종은 자랄 테고
볕이 조금 더 드는 쪽으로 빨랫줄을 옮겨 거는 손과
미세먼지를 그러모아 고추 뿌리를 북돋는 손
그 하늘과 땅

사이에서 누군가는 죽고 누군가는 쓰러지고 또

도둑은 다녀간다
시장이 잠든 담장을 넘어
도둑은 우리와 같은 말씨를 가졌고 같은 말버릇으로 경
고한다
우리가 우리의 적을 경멸할 자유가 있듯
우리에게는 우리의 적으로부터 쏟아지는 경멸을 견뎌
낼 의무가 있다
우리의 도둑이 우리와 같은 말을 쓴다면

그러나
자본주의는 적을 키우지 않는다
빨래골은 시장 편으로도 래미안 편으로도 흐르지 않
는다
그 골짜기에서는
저마다 뉘우치지 않으면서도 저지른 죄를 기억하고
가로채고 나누고 값을 매기는 순간에도 잘만 쉰다

그렇듯
종교와 자본이 멈추는 순간 혁명이 시작됐다
한 번 죽은 자는 다시 죽을 수 있는 힘을 얻는다지만
설교와 염불이 시작되고 장마당이 서는 그 순간
도둑은 다시 찾아오고

洙暎이 살아 있다면
빨래골과 래미안 사이에서 갈등했을 것이다
제아무리 정전(停戰)이 선언된다고 해도
그는 남쪽에 살아남은 포로수용소 출신 시인이다
이불을 뒤집어쓰고 대남방송에 귀 기울이던······

생각하면 웃기는 것이
빨래골도 래미안도 남도 북도
공화국인데 그게 다 언제 적 일인가? 지치고 병들어
궁에서 쫓겨난 무수리들이 봉건 잔재를 마저 씻듯이
달빛에 발을 어루만진다 퉁퉁 부르튼
성은(聖恩) 같은 것일랑 물벼룩이나 물어 가라는 듯

사람 티가 나도록 업어 키우던 아이들이라야
수유 지나 화계사 지나 정릉에 묻힐 테고
시궁창을 돌보듯 부엌을 돌아 대문을 나서면
결국 앉은 자리가 밥상이고 누울 자리가 무덤이어서
골목마다 그늘이 다르고 걸음새가 다르다

햇빛 놀놀한 자리마다 돗자리 펴고 앉은
한세상
앞치마에 꽃무늬를 해 입은 파출부들이며 일없이
안전화를 동여맨 동네 건달들이 모여 수다를 떠는
고깃집 평상

꽃피는 계절이면 말라붙은 근육에도 힘줄이 붙어
잉잉대는 핏대, 새로 태어날 아이의 이름으로
새 계좌를 트고 새로 해 얹힌 불안을 상속하고
인감을 찍어 재개발 딱지를 넘기듯 새 시장을 뽑아도

미래는 래미안이 짓는다
굴뚝 없는 아궁이에 불을 놓아도

혹한은 혹한이고 폭서(暴暑)는 폭서다
누군들 추위와 굶주림과 병으로 가득한 삶을 사랑할까
마는

그러려니 저러려니 해도 첫눈은 앞집 개 제동이 몫이다
놀란 눈을 들어 노려보는 이 세계의 마지막 눈초리
속에서 제동이 할머니가 혼자 죽는대도
그 고독사가 무참한 빨래골
서릿발 날을 세운 행간으로

뜻 모를 우레가 치고 눈발이 퍼붓는대도
한 번 내린 첫눈은 영원히 첫눈이겠지만
저 沫吷이 뫼산사 온대도
목에 고인 가래를 마저 토한대도
빨래골 래미안으로 눈은 내릴 것이다

내리는 눈발 속에서도 새순 꿈틀대듯
생물은 생물을 낳고
미생물은 생물을 낳고

저 洙暎이 되살아온대도
생물은 괴물을 낳고 천사를 낳고.

# 정월에

선정(仙亭), 왕주(王蛛), 잠두(蠶頭), 화담(花潭) 같은 이름
들에는 하나같이 돌덩이 한 소쿠리에 벌레 몇 마리쯤 기어
가고 있는 것이어서

내가 태어난 물가에 다시 섰어도 남해는 멀고, 언덕 너
머 민물이랑 짠물이랑 만나는 방풍림에 갯비린내 먼길을
돌아서

더는 나아갈 수 없다는 것은 무슨 뜻일까? 내가 묻자,
당신이 이렇게 먼 데서 내게로 왔다는 게 믿기지 않아 아
내가 대답했다.

정월, 강이, 웃고 놀고 쉬고 자다 느끼고 뒤채다 새로 태
어나 몸 섞다가 아내 눈길에 자리 보곤 이생의 수평선을
마주 보는 낙조

이렇게 하안(河岸)에 서면
저쪽에서 이쪽을 살고 이쪽에서 저쪽을 죽으며 얼고 흐
르고 떠나는 사람들에게 스며들어 그이 뒤태를 은은하게

물들이는 노을 속에서

　우리는 새로운 삶을 다짐했고
　우리를 떠났고 우리가 버린 이름들을 번갈아 불러 보
았다.

　아내 배 속에 거꾸로 누워 지는 해에 발길질해 대는 핏
덩이를 어루만지면 어릴 적 얼음장을 깨고 녹슨 삽날을 짚
으로 문질러 닦았던 바위틈이 다시금 떠오르고……

　어쩌면 우리가 잡아 가둘 수 없기에 더욱 살아 요동치
는 결들이, 결들이 아롱져 발치마다 고이는 것 스스로 빛
나며 비추다가 이내 산란하는

　여울마다 우리는 죄와 소원을 빌고 돌아서는데 물은 흘
러서 솜이불 같은 해무(海霧) 속에도 살아 있는 것들에게
눈길을 주는 살아 있는 것들의

　윤무(輪舞), 고였다가 글썽이다가 차고 넘치는 소용돌이

앞에서 삶은 자잘한 욕심으로도 비겁하지 않기에 충분해
보이는 것 마치 빛을 전하는 밀사처럼

　악몽을 해명할 화두를 찾아 탁발하는 수도사처럼 물은
흘러서 흐르고 흘러서 언젠가 저 강이 피와 얼음으로 뒤바
뀌고 우리 몸뚱이마저 얼어붙는 그곳까지

　선정, 왕주, 잠두, 화담 지나
　누구도 닿은 적 없고
　더는 나아갈 수 없는 먼 데.

# 화살나무

젊어서는 소리깨나 했다
육자배기 가락을 크게 한 바퀴 돌아서

손가락에 반지를 꿰듯 고향엘 들렀다, 타관에 들어서는
드높던 목청이 절구통 수챗구멍으로 졸졸 새 나가는 통에
주저앉았다

조왕신이 들러붙은 거겠지 북채로 이랑을 갈고 꽹과리
로 도랑을 파 보았댔자, 농사에는 젬병이었다 두드리면 마
른 흙 툭툭 부서지는

농사월력 너머 흙벽으로는 자식 여섯을 낳아 길렀다 봉
제공장으로 신발공장으로 읍내 농고로 그나마 사람 노릇
하는 셋을 보내고

남은 셋은 버버리였다 소리 귀신이 들러붙어서, 밑을 탄
내복 입혀 고방에 가두어 두어도 피붙이라는 게 풀기엔 질
척이고 엮기엔 짧은 이끼나 매한가지

굴 껍데기 갑오징어 뼈에 마른 닭똥을 갈아 만든 고약
을 발라서 침독 오른 입언저리 번들번들, 볕 좋은 날에는
마당 가에서 서로 이나 솖으며

소라고둥 배를 타고 뜰방을 건너는 채송화 고깔모자나
툭툭 터트리며, 베잠방이로는 피가 배어 나오는 줄도 모
르고

울력하고 매구 치고 품앗이하고 새참 먹고 강퍅한 욕지
거리에 등짝이 굽어서 농사라야 저마다 외로 된 몸뚱이가
지어 온 업으로

몇 방울 먹물에 스미빈 이름이아 뭐가 되었든 좋으니 농
사꾼은 절기를 손끝으로 더듬고 소리꾼은 말씨보다 울대가
먼저 지은 몸의 내력

사지육신에 맞춤한 구덩이를 파고 사방 벽을 두른 다음
지붕을 해 얹고 울타리로는 화살나무를 심었다

잔털 하나 없는 이파리마다 뾰족한 톱니, 줄기로는 희고 널따란 날개를 달고, 오종종한 가지 끝은 칼날을 벼린 듯

화살나무, 울안으론 한 뼘도 들이지 않으려 갈기갈기 달아나는 하늘 봐라 모래 한 줌 손에 남지 않는 것은 누구도 제 살던 곳으론 선선히 돌아오지 않는 탓

더는 정처 없음에 들리지 않으리라 싹 틔운 떡잎은 저이끼리 뭐라고 뭐라고 속삭이더니 새잎 곧 피어나는 줄기마다 신명 나게 서슬 퍼런

화살나무, 울 아래 잠든 적 있다 오래 배긴 옹이에 이마를 대고.

# 혜성

　어떤 별은 제가 섬기는 태양에 가까워지며 증기가 되고
멀어지며 얼음덩이가 되길 반복하며 일생을 살다 죽는다
중심은 저도 모르는 사이 어딘가로 치우쳤고, 찌그러진 궤
도를 따라 돌며 자다 깨다 죽었다 살았다

　돌고 도는 돌덩어리가 별이 되기에 필요한 용기는 달걀
을 세울 방법을 찾아 턱을 고이고 앉은 선장의 아집 같은
것, 모르는 사이 끌고 끌리는 꼬이고 등 돌리는 한 점을 바
라보다 눈이 멀어 붙박인 것은 아닐 테지만

　불타오르는 데도 얼어 터지는 데도 딱히 이유가 필요할
까마는 내게도 모르는 사이 멀어진 친구 하나쯤 있다 간밤
꿈에 그이는 듣기에 언짢은 말만 골라 되뇌다간 멀어졌디
누구보다 잘 알던 친군데 혀끝이 뾰족한 말들을

　기다려 봐 지축이 흔들리는 소리를 듣게 될 테니, 되뇌
면 별들이 숨죽이고 도사린 어둠이 꿈틀대는 게 느껴진다
별은 뜨겁게 어둡거나 차갑게 빛나거나 가운데 하나, 그래
봐야 돌인데 의절하고 용서하고 구하고 버리고

돈다 여태도 스스로 빛을 만드는 것은 드물어서 귀하고
이끌리며 박차고 멀어지며 어긋나는 돌멩이 치우칠 대로
치우친 공전축은 되비추기에 적당한 틈을 벌리고 선 성좌,
마치 저주의 쳇바퀴를 마저 돌고 막 식어 가는 묵주처럼

　간밤 꿈에 멀어진 친구는 말했다 별을 바라볼 언덕을
찾는 중이라고 언덕을 보여 주면 마음을 정하겠노라고, 돌
덩이가 하늘을 가로지르며 남기는 기다란 칼자국에 눈길
을 모으기 좋은 너덜겅 언저리에는 어렵사리 맞잡은 두 손

　기도하는 손아귀 사이로 열린 우정의 지옥을 본다 이를
테면 '친구'나 '아기' 같은 입에 올리면 살아 꿈틀대는, 여
태 나를 이끌어 온 이름들 뻔뻔하게도 써 재껴 왔다 마른
세수로 달아오른 손을 코앞에 펼치면 손끝에 묻어나는 부
스러기

　눈빛이 마주쳐 길을 트고 별이 튕기는 복판에 둥우리
를 만들어 서로를 가두었던 자리마다 널브러진 악담들 수

증기고 얼음이고 끓어오른다 물속에 처박힐 돌멩이거나 불 속에 던져진 다짐들이거나, 이대로 어긋날까 여기서 되돌 릴까

　모르는 사이 멀어진 마음만 남았다, 만일 우리 가운데 누군가가 손에 품은 돌멩이를 힘껏 말아 쥐어서 손바닥이 찢기고 피가 흐르는 마지막 힘으로 돌이 녹아 김을 뿜고 물이 되어 흐르다 얼어붙는다면 그렇게 돌고 돌다가

　불현듯 만나게 되는 '친구'나 '아기'와 같은 말들은 여전 히 입속에 녹아 흐르는 중심 없는 중심의 힘 모르는 사이 등을 돌리고 걷던 순간에도, 네가 있어서 나는 물속에서 숨 쉬는 법을 배웠다 안개 속에서 눈물이 더욱 선명한 이 유 또한

　하늘에는 여전히 별이 많다 가진 거라곤 한 줌 빛도 없 으면서 끝 모를 어둠 속에서야 간신히 빛나는, 떨지 않고 울지 않고 침묵으로 닳아 가는 돌, 얼어붙으며 김을 뿜으며 흐르고 스미며 중심을 찾아 빙빙 돌다 흙먼지가 되어 가는.

# 쌍둥이 마음


편편한 유리를 골라 수은을 펴 바른다.
연단을 덧칠해 습기를 막는다.


눌러 굳힌 뒷면에서 유리는 자신만을 비춘다.


보호색을 갖추지 못한 민낯이
속수무책 정면을 노출한다.


들끓는 짐승과 벌레의 무리가 숨을 고르는 것도 같다.


밤이면 한 올 한 올
생각에 잠긴 머리카락이 자라 나온다.


유리 저편에서 무언가 빛살을 삼키고 증기로 토해 놓
는다.


거울 앞에 서면 스스로 빛나던 순간을 떠올린다.
반복되는 삶을 둘러싼 연민이 고요히 끓어오른다.

빛이 작을수록
유리는 더욱 환하다.

눈물을 훔친 손등을 유리에 문질러 본다.
물기가 먼저 날아가는 쪽이 슬픔 반대편이다.

# 잠두

여긴 물방울의 심장 같아
모든 게 비가 되어 흐른다

구멍 난 너절한 모자를 뒤집어쓴 채로
진창에 떨어진 누에콩처럼

빈들에 혼자 버려진 꿈을 꾸었다

씨눈이 꽃가루보다 아름다운 땅은 어디일까?

눈물을 훔친 손등을 들어 바람 방향을 가늠해 본 적
있다

먼저 떠나는 자는 늘 저만치
멈춰 서서 꽃을 바라보는 자

봐, 언 볼에 이는 붉은빛을

꽃을 보는 순간은 늘 꽃이 피어나는 순간이었다

맘씨 좋고 유순한 동무들 곁에서

# 배추흰나비 와불

　화순 세제골 처이모네 목탄 보일러, 증기가 뽀얗게 피어
오르는 연통 위로, 줄기줄기 늘어진 시래기 배춧잎, 주름
사이로

　기어가는, 하늘 뭉게구름에도 구멍 숭숭 뚫어 놓고, 잎
맥만 남아 파리하니 속이 다 비치는, 헛웃음에 한 백 년은
늙어 버린

　손금에 고였다가, 솜털을 적셔 갈앉히다가 볼에 스미고,
까무룩 빛나다가 이내 날아가는, 물비린내 덜 여문 가을
빛에

　보일 보일 끓어오르다, 고롱고롱 맺혔다 풀어지는 담배
연기로, 왕겨 가루 폴폴 날리는 처이모부 밭은기침에, 공연
히 궁싯대는

　배추흰나비, 잔털 빽빽한 애벌레 물 마시러 마당에 내려
서, 앉은 자리 옮기는 것만으로도 마냥 행복한

운주사 와불(臥佛)은

누가 파먹었나? 눈알 가득 고이는 새벽이슬.

# 월악

　버려진 집마다 잡초무덤이다 개중 긴 풀에 주인 잃은 개
가 누웠다 가뭄에는 짐승도 귀가 자라서 울음소리 밖으로
물이 흐른다는데

　버드내라는 곳인데 바닷바람만 줄기줄기 불어와 나무
한 그루 없는 그루터기 평상에 누웠다간, 뜨내기도 마음을
고쳐먹기 일쑤

　인적이라야 배차 시간표에 묻은 손자국이 전부다 아스
팔트에 귀를 대면 지척을 갈아엎을 듯 사장등(沙場嶝) 달려
가는 트랙터 발톱 갈리는 소리

　버드내 하고도 월악이다 해방되고 전쟁 끝나고 붙인 이
름이다 月下風樂을 줄였다는데, 바람이고 달이고 다 옛말이
고 풍악이다

　월악산 다래기 마을 끄트머리 유리를 심은 담벼락에 손
이 베도록 넘어 보던 그 집 앞은 눈에 선한데, 열 손가락에
도장밥을 먹여 주던 그 친구 아버지

하루 두 번 벌교로 나간다는 버스를 기다리고 섰다 먼지를 뒤집어쓴 수염만 보아도 나고 자란 곳을 알아서 적어 주었다던 면서기, 죽을 날이

지나도 한참은 지나 보이는 노인 등 뒤에서 밤방골 두루실 배다리 잠건다리 쇠섬 누에머리 신직기미 왕지머리, 동네 이름이 하나둘 지워지는 어스름

햇살 내리쪼이는 들말에 불붙은 구름 떠가는, 고향은 고향인데 영영 돌아오지 않을 사람이

마지막으로 남긴 발자국은 쓸어 담지 않는다고 농협 담벼락 위로 제 몸뚱이를 버리고 웃자란 그림자, 세 갈래 네 갈래 길을 벌린다.

# 상두꾼

초분(草墳)이 끝나도록 죽은 몸
뼈를 추스른다 관 뚜껑에 옻칠하며, 살아서
몸은 꿈을 싹틔우는 거름이다 시작부터 끝까지
몸은 잠과 꿈에 들러붙어 자란다 그래, 살아서는
누구나 자유롭게 꿈꾸는 법을 연습하는 것
무얼 더 담아 가겠다고

수의에는 주머니가 없다, 귀보다 먼저
소리를 흔드는 것은 요령이다 오로지
죽은 자만이 내 오랜 농담의 연혁을 짐작하겠지
죽고 죽어도 들러붙는 병, 내 몫의 신음은
끝이 없다 여태껏 지금 여기
이생을 피해서 길을 잡았으므로

녹슬고 바스러진 별빛 지도 아래
끊어질 듯 이어지는 길의 맥박, 망나니의 칼날
위로 당겨지는 짐승의 고삐처럼 길이 노래를 이끌었고
어느 사이 돌에 이름 하나 새겨진다, 흙으로 만든 지붕
아래 돼지가 산다 그게 집이다 밤낮없이

호랑이 돼지가 입에 칼을 물고 싸운다
그게 생시의 극(劇)이다 이제 다시

젖으면 좀체 마르지 않을 몸뚱이
거기 새겨지는 어둠으로, 문신처럼
머리카락 손톱은 자랄 것이다 죽고도 남은
죽음이 마저 죽을 때까지 기념식수를 견딘
나무는 끝까지 살아서 시간을 굽히겠다
그 가지와 이파리 뻗어 가는 하늘 봐라

겨울빛 받아 따스한 평장석 틈으로
숨어든 뱀은 긴 잠에 빠져들고
꿈꾸었던 자의 세계는 딱 그만큼
꿈이다, 물려받은 성은 아무 데나 내려놓고
마치 다른 별에서 보낸 것만 같은 소리를 얹어 가며
요령을 흔들었다 언제고 끝까지 부른 악설이 아니라
어떻게 매듭지었느냐가 중요할 뿐

인간이 지옥에서 천국을 찾는 한

삶은 지옥을 발명하고 죽음은 유예된다
무덤 속에서도 실패는 반복된다 실패가
거듭될수록 몸은 바로 서고
상주는 감동한다

어떤 소리도 나보다 멀리 나아간 적 없고
어떤 소리도 나보다 절절하게 울린 적 없다
아무것도 부르지 않았고
어디로도 이끈 적 없기 때문이다
남은 자들이 꽃으로 봉분을 두드린대도

흙은 돌아보지 않는다 흙은 회상하지 않는다
흙은 다만 몸 닮기기를 바랄 뿐이다
기억이 존속하는 한 흙을 관통하는 지름길은
없다, 거기 관 하나 가로놓인다
명년을 기약하며 손톱을 물어뜯다가
잘 마른 짚으로 요령을 문질러 닦는다

죽은 자를 보낸 밤이면 꿈에 집을 잃고 헤맨다

저이의 삶에는 목격자가 없다
저이가 내려놓은 빚은 오로지 내 몫의 노래다
어느 사이 남의 집이 된 낯익은 대문에 기대어 부르는
곡절 없는 노래.

# 여수


유곽은 문어다.
문어는 가까스로 홍등을 내건
거리로, 게토의 하늘로 날아간다.

거리 밖에는 거리가
도시 끝에는 도시의 알리바이가
도사리듯 모두 여기 와서
몸 섞는다.

여기서 나고 자란 친구는 말한다.
마치 도깨비가 빛을 토하는 것 같군.
진흙탕에 고인 물은 차라리 얼어붙기를 바라겠지.

구어체로 꾹꾹 눌러 써도
금세 잇새를 빠져나가는 억지 생소리들
한때는 한때의 알리바이가 있었고
희망이 있었지.

이제는 다만 물의 몫도

얼음의 몫도 아닌

희망도 피로도

가구거리 지나 다리 건너 수산시장 지나 구정물에 섞여

구 여수항

밤바다로 흐르고


친구와 나는

이 거리에 맞춤한 말씨로 길을 잡는다.

# 더 복서

난 가난한 소년으로 태어났고 분노와 수치와 맨주먹을 물려받았지. 라라라 랄라 라라 랄라라

워커를 동여맨 매듭으로 성미를 읽는 주정뱅이들과 빨래를 널어놓은 꼬락서니로 살림을 짐작하는 노파들 틈에서 3단 로프를 뛰어넘듯이 라라라 랄라 라라 랄라라

맨몸뚱이에 배낭 하나, 이 링에서 저 링으로 저 링에서 이 링으로 몸이 으스러져 즙이 될 것만 같은 트레이닝을 견디며 라라라 랄라 라라 랄라라

혀뿌리와 목구멍과 어금니가 마주 갈리며 내는 울음을 참으며 부러지고 꼬인 스텝으로 글쎄, 매번 대진 운이 좋은 건 아니었어. 라라라 랄라 라라 랄라라

여태껏 지치지 않은 투지를 이끌고 온 스파링 그림자의 존재를 믿고 또 믿으며 주먹은 대기를 노래로 바꾸어 놓곤 하지. 라라라 랄라 라라 랄라라

나비도 없고 벌도 없는 링에는 가쁜 호흡과 잰 스텝뿐, 레퍼리는 어디에도 없는데 공 소리에 움찔하며 구석으로 내몰리는 섀도복싱의 나날 라라라 랄라 라라 랄라라

세상 모든 주먹을 두 눈 부릅뜨고 받아 냈지만 몇 번의 사랑 몇 번의 녹다운, 생전 처음 날 받아 안아 준 아늑한 바닥에 누워서 이제는 라라라 랄라 라라 랄라라

안녕 나의 글러브, 다시는 피 한 방울 흘리지 않으리라. 빳빳하게 다림질한 희디흰 내의로 갈아입고 링을 내려서도 라라라 랄라 라라 랄라라

아직도 나와 마주 보고 있는 나, 이 구석에서 저 구석으로 저 구석에서 이 구석으로 재게 놀리던 두 발을 한데 모으고 라라라 랄라 라라 랄라라 안녕? 나의 파이터.

# 산판꾼

봉화나 문경 어디 춘양목이랬나? 곧게 뻗어 가는 나무는 옹이가 없어서 그 너른 그늘마다 한 점 마디지지 않은

손차양, 땅을 파먹고 사는 이들의 속내처럼 때로 얼음장 아래로 끓는 물 흐르고, 어깻죽지마다 굳은살 박인 바람

그 바람에 깃을 치는 새 떼는 종잇장 같고, 등걸에 꼬챙이 꽂아 산언덕을 꺼두르던 몸놀림은 예수 같았다고, 그 마음

베어 낸 나무로 종이를 만들고 밧줄을 엮어 이생을 친친 동여매고, 정신을 놓으려는 누구 다리를 붙들고 약봉지를 털어 넣으며

……엊그제 같다, 그렇다 치고

봉화나 문경 어디 춘양목이라고 해 두자 저라고 곧을 줄만 알았을까? 나무가 저를 비틀던 바람을 끝까지 쥐어짤 때

그 육질이 육질을 버티던 무수한 불수의근이, 마저 스스로 쥐어짜는 자기(自己)였을까 거기 믿음도 있고 아집도 있겠지

빛이 곧아도 그늘은 굽더라, 굽을 대로 굽어서 가없더라 그늘 안에 도사리고 앉았으면 바깥세상이 온통 배후

척후더라 그러니 어디 가던 풀 나무 돌 버섯에 물살을 떠가는 꽃 이파릴 노래하겠지 두 주먹 불끈 쥐고

왕방울 눈을 뜨고 한뎃잠에 몸이 달아, 여태도 그 물소리에 취해 귀가 자라는 나날 친구가 남아나지 않네 그래

마법이 별 게 아니야 성자가 별 게 아니야, 메기고 받는 소리 안팎으로 피가 돌고 근육이 붙는 것이 이렇듯 편 편

매듭지을 때마다 봉화나 문경 어디 푸른빛이 그리울 거다, 옹이 하나 없이 곧게 마디지지 않는 그늘, 손차양 아래 거기, 그 마음자리.

# 꿩의 바다

숲 체험의 날이에요
내리는 눈에 눈이 머는 날이에요.
날을 버리고 쌓이는 봄눈이에요
곁에 두고 엉기기 좋은 봄빛이에요
눈 녹아 스미기 전에 한바탕
흙비라도 퍼부으라지요

물큰한 봄기운에
날개를 편 우산이끼 그늘에도
풀꽃이 새로 태어나는 날이에요
꿩의 바다로 오세요
우선 조심스레 땅을 갈라야겠지요
그러곤 따끈한 거름을 놓습니다

씨 뿌린 손길 속내
마저 받아들이고 핏속으로
뛰어들어서 재가 되도록
몸뚱이, 마저 태워 날릴 기세로
움이 돋겠지요 무언가 불타는 듯

천지 사방 비릿하라지요

숲 체험의 날이니까요
손바닥에 고인 땀을 핥아 가며
아장아장 꿩의 바다로 오세요
아지랑이, 물빛을 조각하듯
구름 이랑은 치솟고 하늘 고랑은 패겠지요
누구의 입김이기에
숲은 저리도 안온하게 젖어 흐르는지

청설모 오소리도 털갈이하는 날이에요
걷는 먼지와 숨바꼭질하며
말하는 바람과 합창하며
왕과 왕비가 나란히 묻혔다는 무덤 돌아
황금빛 꽃가루
아장아장 꿩의 바다로 오세요

숲 깊은 데까지
색색이 크레파스를 뭉갠 듯

통통하게 살 오른 어둠
피란 피는 모조리 다 빨리고
후드득 후드득 쏟아지는 민달팽이
더듬이, 꼬무락거리는 길로

숲 깊은 데까지
우묵하니 숨어든 옹달샘
하늘거리는 개구리 알 한 움큼
휘저어 보다가 놀란 눈 빼꼼 뜨고
저마다 고이 접은 색종이 배에 올라탄 듯
꿩의 바다로 오세요

산딸기가 노래지는 날이에요
실뱀이 눈뜨는 날이에요
고라니 염소 털이 보드라워지는 날이에요
나뭇가지 툭툭 부러지다가는, 온 세상
하얗게 일렁이는 날이에요

빨강반 파랑반 노랑반 아가 여러분

무지개어린이집 아가 여러분

오세요

꿩의 바다로 오세요

이제부터 아가들 앞에는

오로지 바다만 있을 거예요

벌써 모든 게 바다가 되어 가고 있는걸요.

# 무지개어린이집을 떠나며

빵집소녀
양치기 소녀
검은 고양이 네로

그러고 나서
해파리 가족이랑 판다 가족이랑
빵집 소녀랑 양치기 소녀랑 검은 고양이 네로는
핑크핑크 동산에서 무지개나무 아래에서
행복하게 살았답니다.


파랑반 선생님 정식으로 사랑해요.

# 『존재와 시간』 강의 노트

### 신상희(1960~2010) 선생님께


어떻게 시작하면 좋을까요?

공터, 장터, 샘터, 흉터…… 짓고

닦고 세우는 모든 것들이 한데

흘러들어 사방세계를 메웁니다. 흥성거리며

왁자하게 한바탕 열어젖히며 어울려

하나 되는 동시에 한 톨 씨앗으로

열매 맺습니다. 내내 그럴 것이고

그리 될 것이며 되고 말리라는

기대와 결단이 어우러져 저 먼 하늘

어딘가 한 점 불빛으로 온 세상 푸르게

밝혀 오는 것입니다. 무한한 푸름으로

열린 냉기에 살이 떨리고

소름이 일어납니다. 돋아나

채우고 새 나갑니다. 도사리며 자랍니다.

눈바람을 이겨 내고 우듬지서부터

갈라지는 여린 새순을 봅니다.

움터 나옵니다. 싹터 익어 갑니다.

그 모든 터에 대해

터 있음에 대해……

선생님은 말했습니다. 빈손으로 들어와

주머니를 뒤집어 보여 주는 마술로 강의를 닫곤 했습
니다.

사이 나누었던 약속의 말들을 엮고

풀어내는 입김과 탄성이 응결하는

무늬를 봅니다. 씨실과 날실이 보풀을 만들어 내듯

상처 입고 슬픔에 잠겨 허우적거리는 사람들

영영 모르고 또 몰라도 상관없는 사람들

모두 한 몸이 되어

저도 모르는 언젠가

자신보다 더 가깝게 서로를 보듬으며

미법괴도 같은 꿈속에서 더튼

맞갖습니다. 지금이라는 시제를 벗어던진

동사와 우리라는 인칭을 내버린 대명사로

엮어 낼 사랑과 증오의 곡예 속에서

사로잡히는 동시에 벗어나는 인간들의

그 모든 터에 대해

터 있음에 대해⋯⋯

제멋대로 구르며 엇갈리는

두 개의 동그라미가 있겠지요.

인연이 뒤얽히는 두 개의 점을 이으면

평행선이 되고, 그 중심에서 한 알의 모래가

돋아납니다. 한 점 모래알 속에서 끝도 없이

뻗어 오르는 빛의 계단을 보는 수도 있습니다.

조금씩 뒤엉키고 스미며 옭아매는

짐작조차 할 수 없는, 꼭 같은

씨앗에서 가지를 뻗었음에도

뿌리마저 벗어던진 언어로의 도상에서

스스로 마침표를 찍을 단 한 줄의

시에 대해······ 물론

선생님과 저는 거기서 몇 페이지의 삶을 더

진척시킬 수도 있었습니다.


　모든 가능성을 앗아 버린 단 한 줄의 시에 대해서 말입
니다.

　하지만 선생님,

이렇듯 황폐하게 스스로 자신에게 갇혀
연명하기 위해 이어지는 문장들 가운데
오로지 시만을 고집하는 앙다문 입술을
꼬무락거리는 존재의 의미는 무엇입니까?
대관절 이 쓸모없는 가능성의 터를
꼭 같은 혀에 부린 입김은 누구의 것입니까?
모든 사물은 저 스스로 자신을 위해 지어졌다고
쓴 각주는 누구의 시입니까?
지쳐 쓰러진 철학 선생이 하나,
시를 쓰겠다는 미친 국문학도가 하나

왕십리 노을을
가르며 달려가는 기차의 경적 속에
아득한 미열에 시달리며, 결국
빈 강의실에 혼자 남겨져
못다 쓴 답안을 떠올리며 뒤늦게
주교재와 부교재를 가방에 쓸어 담습니다.
오픈 북
자유

시험이 끝나고 18년이 지난 지금껏
문제는 무엇이었을까, 여기서
존재와 시간을 접어야 하나?
분필가루 자욱한 창에 기대어
물론 강의는 언제고 몇 갈피의 삶을
더 진도 나갔고, 마지막 장을 덮고 나서도
책은 미완성이었습니다.

그러한 우리의 대화는 매순간
미세한 떨림을 받아 적는 지진계와 같았습니다.
흔들리며 나아가는 것들은
저마다 스스로 파동을 만들어 냅니다.
예기치 못한 곳에서 불어오는 바람과
바람에 잦아드는 파고와 적막, 되찾은
꿈속에서 눈물마저 말라붙고도
뒤미처 이는 신열과 여진에 대해
이유 없이 견뎌 내야 했던 열병과
신음에 대해 우리의 철학자는
노트를 이어 갔습니다. 휠덜린의 축제와

트라클의 심연과 전쟁과 모르핀과
북풍과 화염의 회오리에 대해

모든 것을 집어삼키는
거대한 아가리와 몰락에 대해
말했으면서도 위대한 철학자는
단 한 마디 말도 남기지 않았습니다,
빛 없는 어둠에 대해
일으켜 세우는 폐허가 아니라
안으로 함몰되는 허방에 대해
죽음이 아닌 학살에 대해.
그가 남긴 노트는 검은색이었고
그에게 대학살에 대해 마지막으로 물은 이는
역시
시인이었습니다.

돌이켜 보면,
선생님을 배반한 것은 시간이었고
존재는 늘 제 소관 밖이었습니다.

강의실에는 국문학도가 하나
볼에 움라우트를 찍어 가며 판서를 이어 가는
선생이 하나 있음과
없음 설강과 폐강
필수와 선택과 특강과 개론의 동근원성 속에서
언젠가는 진짜 선생이 되어
진짜배기 제자를 만나야지 만나서
지금껏 끌고 다닌 보따리를 풀어
존재와 시간을 나누어야지
시간과 존재의 빛을 통틀어서


인간된 삶의 의미를
누구도 아닌 자신의 체험을 비팅으로 성찰적으로 기술
하시오.
오픈 북
자유
꿈에서도 계속해 간
문제는 이것이었습니다.
자유롭게

어디든 펼쳐서

무엇이든 쓸 수 있고 또

언제든 다시 시작할 수 있는 그곳에서

선생님,

어떻게 이어 가야 좋을까요?

다시 시작할 수 있을까요?

# 숲과 재


내가 사랑했던 이들은 모두 숲으로 갔다.
무덤 하나 크기의 빈 하늘을 이고


온몸을 데워 뿜어 대던 흐느낌도 순식간에
날아가고
수관(樹冠)을 바꾸어 가며 오르락내리락


나이테 하나 간신히 돋아나는
물의 나라에서
수액을 혈액으로 바꾸어 가며


숲은 늘 죽은 그이와 한 몸이었다.


언젠가 지울 수 있겠지
지우고 새로 쓸 수도 있겠지
흑연 빛 달무리 속에서도 이파리는 삶을 이어 갔고


못다 지은 그이의 노래는 재색 구름이 되어
언젠가 다시 지우고 쓸 수 있으리라는

위로와 자유 속에서

내가 써 내려간 모든 말들은
배후에 흰빛을 거느렸다.
무한히 도사리는 침묵 속에서

누군가는 조용히 하라고 고함쳤고
다른 누군가는 고함치지 말라고 절규했다.

그러나, 내가 숲에 섰을 때
열매는 늘 말보다 먼저 태어나 익었고
나는 이미 우리 몫으로 주어진 것만을 나누어 가질 수
있었다

속을 다 비워 내고도
저 자신을 위해 울어 본 적 없는 표정으로
익어 떨어져 땅거죽을 덮는 희디흰 그늘 몇 날.

내가 더는 갈 길을 몰라서

지쳐 쓰러져 백지 위에 투항하듯
아직 한 마디 꽃말도 적히지 않은 깨끗한 햇살에 몸을
맡길 때

숲은 우리가 최후에 되고자 하는 바를 스스로 지어 입은
신전이었다. 먼저 뿌리내린 어둠 속에
구멍 숭숭 뚫어놓고

굽은 물길을 되돌리는 식물의 의지와
습기를 한데 모아 가두는 먹구름의 역사로
빛이 작을수록 단단하게 끝을 조이는 새싹의 자연법.

나의 노래는 줄기였고 꽃이었고 검불이었다,
숲이 쓰러지고 재가 되어 움이 돋는
그곳에서 나의 노래는 시작되었다.

오직 숨과 울음뿐인 물의 나라에서
덩굴에 매달려 자라다 꽃잎을 흩뿌리듯 파종되는
말들, 하늘 한 귀퉁이 씹어 삼키고 구름을 들이켜며

내가 쏟아지는 빛줄기 속에 서 있을 수 있다면
나는 퍼붓는 말 속에도 서 있을 수 있을 것이다.

길고 축축한 밤이 가고
잿더미에서 숲으로 돌아오는
마지막 새처럼, 상처 입은 불사조처럼

# 오픈 북

모르는 너를 위해서 쓸 거야
보이지 않는 말을 골라서 쓸 거야
보이지 않는 단어를 엮어서 묶을 거야
한번 저지른 말을 소명하지 않을 거야
나는 네가 될 거야 너는 내가 될 거야
그러고도 우리는 아무것도 아니야

아무것도 아니고 아무것도 아니고
뭣도 아니고 다시 결정할 것은 없어
더는 선택할 것도 없어
그러고도 우리는 불덩이를 이고 지고
서로를 실어 날라 저마다 남은 힘으로
증오는 던지고 분노는 퍼붓는 것

모두가 잘못된 자리에 놓은 말들
용케도 모두가 옳은 의미만 찾아내지
필사적으로 정당한 결론들
살과 뼈와 우리가 살아 내는 피부
우리가 살아 내는 숨과 볼에 스미는 유일무이한 눈물

눈물과 웃음의 찌꺼기

아무 생각도 없어
아무 꿈도 없어
그러고도 우리는 이마를 고이고 잠들어
푸르스름한 관자놀이에 돋아나는 붉은 핏줄을 세어 가
는 밤
나는 너고 너는 나고 우리는 더는 아무것도 아니야
아무 삶도 살지 않는 우리는

삶을 선택하는 삶을 선택하지 않은 우리는
마침내 각자가 될 거야
끝끝내 제 시간을 발명하듯
서로가 전정 바랐던 모든 것을 버릴 수 있다면
서로의 말 밖으로 벗어날 수 있다면
빛으로 어둠을 켜듯이

우리가 마침내 우리의 자유로부터 자유로울 수 있다면
내가 너를 찾을 거야 찾아서

좌절시키고 주저앉히고
　서로 게워 낸 모든 저주의 말을 주워 담아 화덕에 구워
낸다면
　빈 접시에 남아 뒹굴 뼈다귀처럼

　고동치는 심장이 하나
　남겨진 다짐이 하나
　소름에 일어서는 솜털 그 언저리마다 내가 있고
　아주 가까이 또는 멀리
　그러고도 남을 네가 있고 우리가 있고
　나는 여전히 발발하고 있어 증발하고 환생하고 있어

　보이지 않는 모든 너와 함께할 거야
　끝내 모를 나를 중얼거릴 거야
　한번 저지른 나를 설명하지 않을 거야
　한번 죽은 너를 다시 죽지 않을 거야
　보이지 않고 들리지 않는 나를 엮어서 쓸 거야
　너를 소환할 거야.

# 힘을 내요 문양숙

봄나물이란 말은 양숙 씨가 집으로 돌아오며 쟁여 온 말입니다, 양숙 씨가 국자를 휘돌릴 때마다 식탁은 한 뼘씩 어두워지고, 구름을 채 썰어 비를 흩뿌리는 양숙 씨 머리카락 끝에 맺힌 물방울은 아롱진 별, 양숙 씨가 머릴 감으면 귀밑머리께로 작은 새들이 숨어들지요, 양숙 씨 콧망울에서 돋아나는 음표 따라 헤엄치다 아름답다 맛있다 한 상 가득 차려지는 허기, 잠 집 삶 옹알이 투레질 모두 양숙 씨 요리 사전에서 새로 태어난 말들입니다, 양숙 씨 품에서 새들은 별빛을 먹으며 살찌고 한 층씩 빛을 낮추는 아늑한 어둠 속에서 말씨는 보글보글 익어 갑니다, 나날이 향긋하고 종요로운 마음 씀씀이입니다, 다디단 꿈을 꾸어요 지쳐 쓰러지도록 놀아요 양숙 씨가 닦아 놓은 도마가 동강 나도록 한 세상 있는 힘껏 펼쳐 보여요, 어머니라는 말은 무언가요 사위라는 말은 또 무엽니까, 양숙 씨의 사전은 끝이 없습니다 뭉근한 맛이 스며드는 혓바늘마다 둘이 먹다 하나가 죽어도 모를 곧은 소리가 있고 남은 뜻이 있습니다 이 세상 꾸러기란 꾸러기는 모두 모아 차린 잔칫상이 있습니다, 모계(母系)라는 말을 믿습니다 힘을 내요 양숙 씨, 힘을 내요 문양숙.

# 홈 플러스

제 몫의 빛으로 제 몫의 표정을 만들며 가지런한 물신 (物神)들, 이 순간만큼은 시인의 수사법이 제격이다. 나날의 자잘한 세목들을 시시덕거리며

아내와 나는 손 맞잡고 입장한다. 되도록 아무것도 기억 하지 않으려, 누구와도 흥정하지 않고 누구에게도 상처 주 지 않으려

애써 잊은 비밀과 고통은 줄임표로 숨 틔우고, 끝까지 스미며 아파하고 끝까지 나누며 슬퍼하고, 만든 적도 판 적 도 산 적도 없는

명세서로 빈 카트를 가득 채우고, 돌아와 처치처럼 마주 보고 웃는 저녁상, 이 순간만큼은 시인의 수사법이 제격이 다. 배가 다 부르도록 쓸모 있다.

# 선생님 무덤

　상여는 천천히 나아가다 곧 빠른 속도로 미끄러졌다 무덤을 향해 늙어 가는 걸음걸이 젊어지는 영정, 속에서 마치 우리가 알기 전부터 당신은 그곳에 도사리고 있었다는 듯이, 선생님은 이제 춘천에 계신다

　관을 동여맨 십자 매듭을 움켜쥐고 어렵사리 이생과 수평을 맞추며 올라갔던 춘천 공원묘지 언덕으로 봉분 하나 솟아오른다 마치 죄의 안개 위로 이마를 내밀 듯, 제 하늘을 비워 진공으로 만든 다음 소리를 삼키는 메마른

　봉분 위로 누런 떼가 덮여서 모지라진 겨울 잔디는 비구름으로 뒤덮인 출구 없는 하늘, 하늘만 같을 테지 선생님은 살아서 잘 미르고 가벼운, 그러나 내내 단단한 씨앗 같았다 그러니까 선생님은 춘천 공원묘지 봉분 아래 관 속에 잘 마르고 단단한 씨앗처럼 누워 있다

　선생님이라고 무덤 속에서 정수리에 신발을 얹고 물구나무서서 달마가 오는 동쪽을 가리킬 수는 없기 때문이다 무덤은 바닷속에 가라앉은 제비집처럼 고요하고 봉분 아

래로는 편편한 대리석 몇 장, 아래로는 잘 다진 고운 황토
거기 선생님 발가락 손가락

　반나마 들어낸 선생님 위장 간장 선생님은 살아서, 시가
참 곱다 자알했다 말씀하시곤 했다 영혼이 어디 있니? 너
인생 그렇게 살지 마라 말씀하시곤 했다 선생님과 나는 우
리가 한데 몸담은 시라는 허깨비를 향해서, 스스로 삶을
탕진하고 있었다 마치 더디고 더딘 운구 행렬처럼.

　바람은 불지 않았다 왕십리 인문관 벼랑 위에 몰아치던
바람이 아무리 힘을 주고 붙들어도 까뒤집히는 우산 위
로 눈보라가 치던 2월 개판을 쳐라! 말씀하시던 선생님 어
깨를 흔들던 바람이 한대병원 택시 차부에 쌓여 가는 눈
발을 인문관으로 휘몰아 가던, 선생님이 세상에 나와 처음
만난

　'어머니'라는 단어와 함께 들이닥친 선생님이 세상에서
제일 싫어하던 그 바람이, 무덤에는 바람이 불지 않습니다,
되뇌며 두 손으로 삽을 들어 흙을 뿌렸고 묘지기들이 농지

거리하며 끝이 뭉툭한 막대기로 꾹꾹 눌러 다져 평토제를
올리는 것을 술도 뿌리고 노래도 부르며 흙이 잘 뭉치라고

눈물도 뿌리고 초혼도 해 가며 절도 몇 번씩 번갈아 가
며 무릎으로 손바닥으로 이마로 춘천 공원묘지 황토를 꾹
꾹 눌러 다졌으니까 차마, 무덤 속에 바람이 불어 닥치지
않겠지, 하늘에는 솔개 세 마리가 맴을 그리고 있었다 솔개
는 우리 모두 춘천 공원묘지 앞 두붓집에서 두부 전골을
먹고 서울로 떠날 때까지

선생님 무덤 위를 날고 있었다, 선생님은 이제 춘천 공
원묘지 무덤 속에 누워 있고 선생님의 죽음은 이제 당신의
유일한 이름이 되었다 호상(護喪)하고 문상(聞喪)하고 손뼉
치고 울고 자라날 아가를 먹여 살리며 이어질 행간 속에서
선생님 무덤을 덮은 눈바람 속에서

선생님은 무덤에 쌓인 눈과 함께 녹아내리기도 할 테
고 이따금 선생님이 물방울이 되어 떨어지는 소리를 꿈결
에 듣기도 하겠지 선생님은 살아서, 시에 붉은 줄을 긋고는

'아이들은 먹여야죠'로 고치라고 이래선 안 된다고 손사래를 치셨고, 나는 그걸로 시인이 되어

선생님의 부음을 전해 들은 아침 나는 딸아이를 먹이다 말고 마당으로 나가 하늘을 보았다 눈알이 빨개질 때까지, 선생님이 남긴 모든 것들은 예와 아니오 사이에서 계속될 투쟁에 대해 그럴 수도 있다고 자알했다고 곱다고, 속삭이는 것만 같고 당신께서 끝내 말해 주지 않은 삶의 열린 틈에 대해

언어의 문고리에 대해 생각하는 2월 한나절, 세상에는 선생님 무덤이라는 것이 있다 선생님이 죽었기, 새로 태어난 선생님 무덤이라는 말이 있다 하지만 세상 누구도 무덤에 문을 만들어 달지는 않고, 못난 제자는 살아서…… '선생님 무덤' 같은 것은 애당초 이 세상에 없는 게 나을 뻔했다고.

# 파릉초

생장점을 쥐어짜며 길을 흔드는 이파리의 시

부름켜 이쪽저쪽을 오가는
한 방울 물기로

누구에게도 속삭이지 않은 말은 얼마나 될까?
두 번 다시 되뇌지 않을 말은 얼마나 남았을까?

결국 우리가 만들 사전은 다시 쓰일 테고
이제 당신이 꽃에 대해 이야기할 차례다.

어쩌면 우리가 믿는 시법(詩法)은
더는 ㄱ 무엇도 묘사할 단어도 아직 찾지 못한 백치의
혓바닥.

번번이 꽃을 놓치고도
마냥 쉴 것인지 조금 더 자랄 것인지 갈피를 못 잡고

별은 몇 개의 비밀을 간직한 듯 타오르고

바람은 익숙한 슬픔을 길들이는
오랜 수사였다.

열없이 반복되는 바보들의 수인사처럼
빛살에 몸을 섞는 그늘 아래로
새싹을 밀어 올리는 그림자의 파문

파룽초는 파룽초를 앞지른다.

깊숙이 더 깊숙이
그 말간 뿌리에 엉겨 날름거리는
희디흰 그늘 몇 낱.

# 카메오

큐시트가 떨어진다
신(scene)은 여기 있고 삶은 다른 곳에 있다

우리는 실명으로 등장해서 이명과 싸운다 우리는 이름이 없다 우리는 각주고 요지다, 우리는 누구보다 먼저 신을 독점하고 누구보다 먼저 각광받는다 이야기라는 유령에 대해서라면

우리는 제작자가 없다 우리는 대화가 없이 납득되고 지문이 없이 앞서간다 우리는 멈추며 벗어난다 우리는 달리며 날아간다, 부감된 렌즈 위로 색색이 조명 아래로 우리는 돌아가고

돌진한다 알록달록한 신의 한복판에서 우리는 저마다 몸담은 삶을 배경으로 바꿔치기한다 우리는 날마다 새로운 룰을 공포하고, 우리가 만든 법에 따라 산이 치솟고 바다가 갈라진다

우리가 원하는 삶은 지금-여기 이 신이 아니다 우리는

매번 다른 신을 찾아 나선다, 태양은 변함없이 앵글을 자연광으로 물들이고 어지러이 나부끼는 별과 강과 새 떼 속에서 되감기 또 되감기

우리는 소거된 함성이고 예외 된 차원이다 우리는 신 바깥에 찍힌 얼룩이다 약속된 땅을 찾아 헤매는 가련한 캐릭터들 끝없이, 사랑으로 충만한 두 팔을 벌리면 겨드랑이에서 손끝까지 살아 꿈틀대는 메소드

우리는 입법자고 예외자다 우리는 찌꺼기고 고갱이다 제아무리 영원할 것만 같은 테이크일지라도, 결정본은 하나다 삶은 순간이다 혁명은 원 신 원 테이크다 복수극은 영원불멸의 캐릭터다, 저마다의 의지와 배짱으로

우리는 앵글 바깥에서 이 신을 들여다본다 이생을, 지혜로운 자는 돌아오고 바보는 떠나간다 제작자는 말한다, 엔딩 크레디트가 올라간다 주제곡이 막을 내린다 박수갈채가 침묵으로 이명 하는 그 순간에도

우리에게 필요한 건 지혜가 아니라 노예였다 제가 만든 맥박과 걸음 수를 헤아리며 마른하늘에서 유령이 떨어져 내리는 대단원 시네마 또는 애드리브가 없는 꿈, 세트 없는 우연은 없었고 갈등 없는 필연은 없었다

큐시트가 떨어진다 신은 여기 있고
삶은 다른 곳에 있다.

# 해일과 파도

희고 아름다운 모래사장을 걸었어. 발목을 적셔 가며. 물을 바라보는 게 좋았어. 그렇게 좋을 수가 없었어. 어디까지가 바닥인지. 서로 바닥에 닿으려면 얼마를 더 가야 하는지. 밑바닥까지 보여 주려면 남은 믿음은 얼마여야 하는지. 얼마를 더 자맥질해야 끝장을 볼 수 있는지. 그 검고 투명한 물에 머리카락이 곤두섰어. 눈앞에 보이는 모든 걸 끌어안으려 두 팔을 마주 벌렸어. 어깨 너머에 도사리는 어둠까지 껴안았지. 그렇대도 등 뒤에서 저 혼자 마주 잡는 손깍지. 끓어 넘치지 못할 바에 차라리 어는점을 지켜. 파도는 빙점 아래서 솟구치고 가라앉지. 발목을 적셔 가며 처음 마주친 바다를 기억해. 발을 담그자마자 순식간에 수평선까지 얼어붙어 버린 물결. 밖으로 달아났다가 안으로 디밀었다가. 발목을 적셔 가며. 희고 아름다운 모래사장을 걸었어.

# 시론

시론에는 철회가 있다 포기가 있다 용서와 반성이 있다 눈물과 웃음이 있다 검은 것은 글씨 흰 것은 바탕이다 글씨는 사실이고 바탕은 관습이다 고로 시론은 회색이다

과제가 있다 시험이 기다린다 그것들을 하나하나 헤쳐나가야 비로소 시론을 만난다 눈물겹게 아름답다면 순간이 영원이다 역사는 설 자리가 없다 고로 시론은 아름다움과 무관하다 시마저 그래야 한다고 우기는 건 아니다

사실 없는 게 더 많다 스승은 얼마 전에 죽었다 스승은 죽음 그 자체다 이제 와 다시 스승을 추억해 본들 가련한 시론에 대해서는 누구도 관심 없다 시론은 행간 밖에 있다 죽음 쪽에 가깝다 고로 미래와 상관없다

목표는 시작하기도 전에 벌써 거창했다 시론은 술집에도 시집에도 없다 스승은 쉬는 시간이면 강의실에 앉아 담배를 태웠다 심지어 권하기도 했다 아름다운 문장은 한 인간이 현실을 바로 보게 한다

스승은 담배 연기로 판서를 이어 갔다 나는 필기를 멈추고 강의실을 떠나왔다 이제는 스승을 능가하는 입담을 뽐내며 시론을 주워섬긴다 어느새 굵어진 머리에 호기로운 몸짓까지 섞어 가며 강단을 모둠발로 쿵 쿵 굴러 대다가 마침내

불 꺼진 강의실에 푸른 광선이 시론을 마저 써 나갈 즈음 모두가 같은 책을 읽어 왔는데 아무 공통점도 없구나 이 시론의 설계자는 누구일까 덤핑 출판사의 번역 원고로 연명한다고 자조하던 시인도 내가 없는 문학사에

시를 날렸다던 시인도 조롱하는 시대에 조롱받는 시를 쓰는 건 투쟁이라고 쓴 시인도 있었지만 놀라지 마세요 한국 현대시는 상식을 벗어납니다 스승은 말했다 스승의 말씨에는 언제나 얼마간은 한국말의 여운이 바스락거렸다

여기까지 쓰자 별안간 천애고아가 된 것 같다 만일 시처럼 드물고 덧없는 어떤 것이 우리의 구원 여부를 결정한다면 우리의 처지는 실로 참담할 수밖에 없다 이건 이글턴의

말 묵시록을 앞에 두고 천국을 찾듯 여전히

　시론을 앞에 두고 꿈꾸는 이가 존재한다면 지금껏 시론
에서 가장 중요한 사건은 아무 일도 일어나지 않았다는 것
일어나지 않으리란 것 종말은 어디에도 없고 마지막 순간
에도 검은 것은 글씨 흰 것은 바탕이다 물론 반대일 수도
있다.

# 구름의 파수병

언젠가 나는 나 자신의 신(神)이 될 거다. 무엇이 옳고 무엇이 그른지 말하기 위해서. 모두 거기서 왔지만 등지고 서 걷는 출발점. 뿌리를 향해 자라는 식물은 없다. 누구도 걸음을 뗀 곳으로 되짚어 가지 않는다. 다만 오래전 처음 발길을 돌리던 순간을 기억한다. 각자의 방식으로 지금 이 곳에 뿌리내리고 사는 이유다. 걷고 걸으며 길은 결국 되돌아온다. 봄눈 녹아 스미는 노을 속으로. 어둑한 하늘 저편에서 불빛 사위어 가는 창가로. 날아드는 꽃송이 본다. 눈송이 본다.

애초에 태양도 구름이었다. 공기 한 줌 없는 진공 속에서 제 속을 비벼 닳아 올랐겠지. 이내 끓어 넘치는 속내, 타오르는 불덩어리를 본다. 모두 저기서 왔다. 뒷모습을 보이며 멀어지지 않으려는 표정으로. 구름은 흐르고 또 흐른다. 뒤를 남기지 않고 하얗게 피어올라 공중에 스미는 한 점 입김. 뭉치고 흐르다가 쏟아지고 퍼붓다가 고인다. 구름은 어두운 곳에서 밝은 곳으로 이동한다. 무엇이 옳고 무엇이 그른지 말하기 위해서. 빗방울이라도 내놓아야 구름을 건널 수 있을 거다.

# 겨울빛

솔잎을 긁나 보다

구름 틈으로, 이 빠진 발톱 사이로

알뿌리까지 한 뼘, 허옇게 쏟아붓는

빛살, 날을 세운 능선에

죽지를 붙들린

새,

가리나무 한 줌

# 초청 강연을 거절하기 위해 쓰는 편지

친애하는 풍산고등학교 전○○ 선생님,

강연을 의뢰받고 구글맵을 통해 하남(河南) 지도를 훑어보았습니다. 디지털 지도의 흐릿한 픽셀 사이로 펼쳐진 농장과 과수원, 새로 솟은 아파트와 외곽도로, 이 땅 어느 도시에나 있을 법한 야트막한 산지와 실개천…… 분진과 두엄 냄새가 섞인 운동장에서 커가는 아이들의 살림을 그려보았습니다.

하남에서 어쩌면 저는 삶을 통틀어 가장 열렬하고 순수한 독자를 만나게 되겠지요. 아이들은 제게 1. 시인이라는 직업을 선택한 이유, 2. 시를 쓰며 부닥치는 어려움은 물론 삶에 들이닥치는 곤혹을 벗어나는 방법, 3. 그리고 용기의 소재, 4. 청년의 삶을 지탱할 단 한 줄의 아포리즘 등등으로 빼곡한 질문지를 보내왔습니다.

전○○ 선생님,

외람되게도 저는 강연을 수락하고 말았습니다.

우선 스스로 잊혀 버린 학창시절, 열여덟으로 돌아가 아이들이 내준 숙제 앞에 마주 앉았습니다. 10월 마지막 밤을 꼬박 지새워 떠오르는 햇살로 캠프파이어를 대신한다는, 저로서는 상상조차 버거운, 장장 12시간 여정의 '문학의 밤'을 미리 그려 보기도 했습니다. 우리는 먼저 안부를 나누겠지요.

아마도 날씨 이야기에서 강연은 시작됩니다. 모든 발자국은 저마다 호흡의 깊이를 가지기에, 우리의 만남은 우리가 유일하게 스스로 자신을 지킬 수 있는 곳으로 이끌리겠지요. 부디 10월 마지막 밤 그 하룻밤 '문학의 밤', 하남이 그런 땅이기를 바랍니다.

하남을 그런 땅으로 만들 수 있기를 바랍니다. 생면부지의 우리들은
제각각 살아간 땅을 지배한 기후와 그 땅을 지배한 그릇된 믿음의 정체(政體)에 대한 모호한 추측들에 사로잡혀서 오래도록 서로를 바라보겠지요. 안개처럼 우리를 둘러싼 안부는 그쯤 해서 그치겠지요.

밤이 이슥한 교정 곳곳에서

아이들은 옥상에 나란히 누워 은하수를 들여다보고, 아이들은 저마다의 운지로 악기를 매만지고, 어딘가에서 향긋한 요리가 익어 가고 있습니다. 그리고 제 앞에는 백 개의 눈동자가 빛날 텝니다. 침을 삼키는 소리마저 요란할 칠판 아래 서서 저는 무슨 글자를 쓰고 무슨 말을 내뱉을 수 있을까요?

냉정한 저는 아마도 이렇게 말하겠지요.

1. 시인이라는 직업은 고여 있는 삶을 스스로 정당화할 수 있는 마지막 알리바이였습니다. 2. 훌륭한 시인이 되기 위해서 꼭 배위야만 했던 기술이라고는 게으름뱅이가 되는 것뿐이었습니다. 제가 사랑하는 사람들은 늘 침묵하고 있었고, 침묵의 심연을 헤아리자니 그들은 얄밉게도 아름다워 보였으니까요. 3. 삶이 보장되는 땅에서는 누구도 공포의 신을 섬기지 않을 겁니다. 모든 사람이 노예가 될 수는 없지요. 필요를 절감한 자만이 노예가 되는 이유입니다. 용기라니요? (제가 '안녕? 용기를 가져'라고 쓰기는 했지요.) 시가

은 아래로만 흐른다고 상상하고 수전노처럼 현재를 갈무리하세요. 매 순간 삶을 낭비할까 두려워 마세요. 4. 속이 빈 나무를 시멘트로 가득 채운다고 상상해 보세요. 여러분이 살아갈 이 땅은 지금 바로 그 나무이자 시멘트에 가깝습니다. 모순은 잡아챌 수도, 살아 낼 수도 없습니다. 단지 꿈꿀 수 있을 뿐이에요.

비관적인 저는 이렇게 말할 수도 있습니다.

1. 약속은 약속에 미치지 못했다는 사실을 깨닫는 순간 완성되듯, 시인이 되기로 스스로 약속했고 시인이 되었지요. 2. 부모, 선생 따위는 인간이 얼마나 인간에 미치지 못하는 동물인지를 보여 주는 화석과 같은 존재입니다. 시인 역시 마찬가지예요. 한 번도 실패했다고 느낀 적 없고, 그것이 내 마지막 실패겠지요. 3. 용기란 혁명으로 멸망한 종족이 가지는 자기연민이나 마찬가집니다. 자기연민 속에서 여러분은 다시 멸망할 뿐입니다. 4. 선을 취하해도 거짓이고 악을 취하해도 거짓입니다. 여러분이 살아갈 이 땅은 그런 곳입니다.

낙관적인 저는 이렇게 말하겠지요.

1. 시인이 되기로 스스로 약속했고 시인이 되었습니다. 약속에 미치지 못한 자신을 겸허히 받아들이는 순간 약속은 거짓말처럼 완성되었어요. 2. 삶에서 비롯되는 제약에 비하자면 시에서 비롯되는 제약은 얼마나 큰 축복인지 몰라요. 3. 나무는 그저 살아가고 있을 따름이라고 생각하며 잎을 틔웁니다. 삶을 낭비할까 두려워 마세요. 4. 문학을 이야기하는 자라면 자유라는 문제의 운명에 반응하지 않을 자유가 없습니다. 우리 앞엔 무수한 현재가 가로놓여 있습니다. 어쩌면 여러분과 저를 합한 숫자만큼의 지금이, 그것들을 제곱한 숫자만큼의 지금이, 억겁의 현재가.

전○○ 선생님,

구글맵으로 본 하남은 아름다웠습니다.

'문학의 밤' 그 밤은 아이들에게, 선생님에게, 저에게 영영 잊지 못할 소중한 추억으로 남겠지요. 예상 답안을 미리 적어 본 저는 영판 다른 방식으로 강연을 이어 갈지도 모릅니다. 아니, 그래야만 강연은 소기의 목적을 달성하겠지요.

어떤 방식으로든 시를 정의하고 삶에 대한 태도를 정해야 완결될 수 있는 저 무수한 답변들 속에서 제가 어떤 말을 주워섬기든 그것은 정당방어를 위한 열렬한 정열에 불과할지도 모릅니다. 상상 속에서 쓰이고 지워지는 '문학의 밤' 그 밤에 대한 완전하고도 불멸하는 향수가 오히려 아름다워 보일 지경입니다. 아직 만나지도 못한 아이들을 상상의 교실에 앉혀 두고

미리 써 보는 초청 강연은 어떻게든 실패하고 말았습니다. 인간은 아직 이름 짓지 못한 것만을 애도할 수 있다지요. 이 아이들과 시인인 저와 문학을 가르치는 전 선생님이 지나온 이 땅의 이름은 이미 어떤 '참사'와 '그릇된 믿음의 정체(政體)'로 확고합니다.

우리는 모두 그 이름을 알고 있기에 우리가 살아 내는 문학과 삶을 애도할 힘마저 빼앗긴 것일 수도 있습니다. 이토록 많은 아이들이 저를 '시인'으로 불러 준 것은 제 삶에

서 처음 있는 일입니다. 10월 마지막 밤 우리 모두의 몫으로 주어진 '문학의 밤' ── 계속해서 답을 찾아보겠습니다.

전○○ 선생님, 편지로 답을 전할 수밖에 없는 제 곤혹을 이해해 주시기 바랍니다.

부디 이 편지가 아이들에게 읽히지 않기를, 저 또한 선생님과 같은 마음으로

간절히 바라고 바라며……

이만 줄입니다.

총총.

2015년 10월 21일 水曜日 새벽, 시인 신동옥 올림.

# 배경음악

정릉 : 관악청년포크협의회 — 과수원길

안목 : J. J. Cale — Magnolia

숨과 볼 : Alex Heffs — Gloria

하동 : Penguin Cafe Orchestra — The Sound Of Someone You
Love Who's Going Away And It Doesn't Matter

고래가 되는 꿈, 뒷이야기 : Sri(USA) — With Our Hands
Toward The Sun

후일담 : Godspeed You! Black Emperor — Broken Windows,
Locks Of Love pt.III

송천생고기 : Balmorhea — Truth

순록 : Mono(Japan) — Yesterday Once More (Carpenters)

솔리스트 : Baden Powell — All The Thing You Are

시작노트 : Friends Of Dean Martinez — Tennessee Waltz

자화상 : The Flashbulb — Arrival To An Empty Room

노깨비불 : Dominic Miller — The Last Song

극야 : Mark Knopfler — Going Home

홍하의 골짜기 : Eric Schneider — Red River Valley

두부의 맛 : 빛과 소금 — 그녀를 위해

벚꽃축제 : Daniel Norgren — Beyond Words

봄빛 : Eupana — Epoch

이 동네의 골목 : Ry Cooder — Southern Comfort

마샤와 곰 : Transmission — Anticipated Pleasures

제동이 : Shaky Graves — Late July

눈 내리는 빨래골 : Explosions In The Sky — The Birth And
   Death Of A Day

정월에 : Endless Melancholy — Nostalgia

화살나무 : 황병기 — 봄

쌍둥이 마음 : 이병우 — 이젠 안녕

잠두 : John Fahey — Song

배추흰나비 와불 : T-Bone Walker — Goin' To Chicago Blues

월악 : Hugar — Upphaf

상두꾼 : Estas Tonne — The Winds That Bring You Home

여수 : Jason Becker — Black Stallion Jam

더 복서 : Mumford & Sons — The Boxer(Simon & Garfunkel
   cover)

산판꾼 : 최종대 할아버지 외 — 명주 통나무목도소리

꿩의 바다 : Melodium — La Vie Est Plus Belle Depuis

무지개어린이집을 떠나며 : Vasily Bogatyrev — Song Of

Jams[Masha And The Bear]

『존재와 시간』 강의 노트 : Migala — La Cancion De Gurb

숲과 재 : 김두수 — 노란 꽃에 파랑나비 날 때

혜성 : Archive — Goodbye[Unplugged]

오픈 북 : Paco de Lucia — Entre Dos Aguas

힘을 내요 문양숙 : Great Djeli — We'll Laugh Again

홈 플러스 : Evensong — Dodos And Dinosaurs

선생님 무덤 : 조동진 — 겨울비

파릉초 : Evgeny Grinko — Faulkner's Sleep(D-Mall)

카메오 : The Other Lives — The Partisan(Leonard Cohen
    cover)

제인과 바다 : The Album Leaf — TwentyTwoFourteen

시론 : Antennas To Heaven — This Bloody Tarkhovsky Film

구름의 파수병 : Six Organs Of Admittance — Shelter From
    The Ash

겨울빛 : CocoRosie — Candyland

초청 강연을 거절하기 위해 쓰는 편지 : 신중현과 The Men
    — 아름다운 강산

# 이생의 한낮

박용하(시인)

그가 지금보다 더 젊었을 때, 초면인 내게 침입자처럼 심
야에 불쑥 전화를 했었다. 나는 아무렇지 않다는 듯 전화
를 받았다. 하루 24시간 중 어느 시간대는 전화하지 말란
법이 있는 것도 아니고, 그 당시만 해도 그게 싫지 않았고,
니 역시 심야 기습 전화를 감행한 기억으로부터 자유롭
지 않아서 더 그랬겠다. 여러 해가 지나 그가 또 분숙 지회
해 시집 발문을 부탁했을 때, 이번엔 아무렇지 않을 수 없
었다. 발문은 아무나 쓰고, 금빛 주석은 아무나 다나. 시에
대해, 시에 관해 대체 무슨 말을 더할 것이며, 더한다 한
들 시에 다가가기는 하는 걸까. 되레 얼룩이나 더하며 시로
부터 멀어지지 않을까 하는 염려와 회의와 의문은 내 오랜
평심과 무관하지 않다. 시집 뒤표지에 추천사를 몇 줄 쓰

는 것도 그랬지만 두어 번 써 본 발문 쓰기는 노역에 가까
웠다. 내 시는 말할 것도 없고 남의 시에 무슨 말인가를 보
탠다는 것은 여전히 내 영역 밖의 일이다. 그러나 어쩌겠는
가. 인간관계를 절단 낸다면 모를까, 그의 부탁을 거절하면
피차 감정의 여운이 남을 것이고(부탁을 거절하면 금이 간다.
금이 가게 돼 있다.), 수락하면 내 시간을 깨야 한다. 내 시간
을 깨서 그에게 줘야 한다. 나는 글을 써서 그에게 줘야 한
다. 그럴 수 있을까.

　신동옥의 여러 이명(異名) 중 첫눈에 들어오는 이명은
'악공'이다. 그의 첫 시집 『악공, 아나키스트 기타』의 힘 있
는 작품 대부분이 이 '악공 시편'에 몰려 있다. 악공은 시
인의 별칭일 것이며, 시인을 또 달리 말하면 '언어 가수(언
어 직관공)'일 텐데, 이 언어 가수의 또 다른 이름이 그의
세 번째 시집 『고래가 되는 꿈』(「시인」)과 산문집 『서정적
게으름』에서 언급하고 있는 언어의 '여백 제도사'가 되겠
다. 그러나 이 언어 기수는 여백을 수밀하고 정교하게 직조
하기보다 육성(그것은 가성(假聲)이 아니다.)을 동반해 거침없
이 말을 내지르는데 더 강점을 보인다. 그는 언어의 사무라
이나 스나이퍼라기보다 언어의 로커나 악사에 가깝다. 말
을 정제/경제화하기보다 터져 나오는 대로 구사하는, 일면
격해 보이기까지 하는 그 '거침없음'은 그의 언어가, 그가
추구하는 언어가, 제도권/주류에 편입한 언어가 아니라 지

금 여기서, 그가 즐겨 쓰는 '이생'처럼 이승의 순간순간 솟구치고 생성하는 언어이길 기원하는 것과 다르지 않을 것이다. 학교 문법에서 조제된 시편들이 그 세련성과 새로움의 위장에도 불구하고 가장 쉽게 탈색, 휘발하는 것을 악공은 본능적으로 알고 있다. 그의 두 번째 시집 『웃고 춤추고 여름하라』의 '친친'과 '남양(南陽)'은 그의 또 다른 이명이다. "중간 평가가 없는 사랑의 정권을 위해 쓰리라"는 시 「친친」은 그의 문법이 활성화된 대표작 중 하나다. '남양'은 그의 고향과 유년을 통칭하는 이명 내지 대명사일 텐데, 어린 시절은 본인의 의도, 의지와 달리 일생 내내 되살아나는 삭제 불능의 현존이듯 그의 시 속에서 이 이명은 그의 통제를 벗어나 잊을 만하면 출현한다. '송천동/길음'은 '비트'와 함께 그의 세 번째 시집 『고래가 되는 꿈』의 대표어라 할 수 있는데, 「송천동」 「길음2재정비촉진구역」 「시인의 아내」 같은 '송천동/길음' 시편이 세 번째 시집에서 가장 힘이 세다. 세 번째 시집의 '비트 연작 시편들'은 시인의 야심찬 기획과 우주적인 스케일에도 불구하고 인간의 피와 뼈와 사회에 기반한 언어력(言語力)은 엷어 보이며, 그가 조금도 닮지 말아야 할 '작시법'의 그림자가 어른거리기도 한다. 그곳은 그의 피가 머물고, 뛰어놀 나라가 아니다. 신동옥은 기질적으로 삶의 온기를 머금은 시인이라기보다 생의 열기를 내장한 시인이다. 그는 삶으로 뛰어들 듯이 언어의 대양으로 뛰어든다. 세 번째 시집의 가장 힘이 센 '송천동/길음'

시편은 이번 시집에서 더 확장 심화된다. 신동옥의 수작/역작들은 '송천동 시편'이라 특정해도 틀리지 않을 것인데, 그 시편들은 '삶이 된 시'이자 '시가 된 삶'이어서 그렇고 상상의 언어유희가 아니라 생활의 골목에서 피어난 말의 율동이어서 더 그렇다. 그것은 언어력과 사는 힘(생활력)이 삼투 길항 역동한 경우다.

'이생'은 '악공', '친친', '남양', '송천동/길음'과 함께 '신동옥어(語)'의 대표어 중에서도 핵심어다. 그는 이번 시집뿐만 아니라 이전 시집에서도 이승이라 쓰지 않고 하나같이 이생이라고 쓴다. 그래서일까. 그것은 마치 '이번 생'을 연상케 한다. 모든 생은 이번 생이고, 이번 생이 모든 생이니, "그러니 꿈꾸지 마라, 다른 세상은 없다"(「시작노트」)며 "샴쌍둥이처럼 전생에서 이생으로 건너온"(「우린 서로의 고장 난 풍차를 고쳤다」, 『악공, 아나키스트 기타』) 이번 생의 선장이 되기를 선언한다. 그가 줄기차게 불러내는 '이생'의 '생'은, 생활의 활공을 미러히게 그려 낸 「송천생고기」의 '생'과 울림이 겹쳐지고(그것은 날고기가 아니라 생고기다.), "생물은 괴물을 낳고 천사를 낳고."(「눈 내리는 빨래골」)의 저 '생물'과 합석하며 심지어 "바람은 이생의 페미"(「나무」, 『고래가 되는 꿈』)라며 바람과 내통한다. 이 이생의 편력과 탐닉은 첫 시집에 실려 있는 「악공, 사량(思量)」의 "이번 생(生)이 처음이자 마지막이니" "이번 생(生)을 모두 걸고 사량합니다"의 '사량'과

어깨동무하며, 그는 숫제 두 번째 시집에서 "이 삶은 저지르자"(「포역(暴逆)의 무리여, 번개의 섭리를 알고 있다」)며 도발한다. 그가 초지일관 '이생'이라는 말(생활)에 어찌나 골몰하는지 그의 어법대로라면 '저승'조차 '저생'이라고 써야 하지 않을까 싶다. 이생이 이곳의 생이라면 저생은 저곳의 생이리라. 그러니 이 이생주의자에게 삶은 언제나 지금부터고, "오래전에 뼈를 묻은 듯한 골목이다. 여기서부터 다시 사람이 사는 행간이다."(「이 동네의 골목」)라고 말할 때, 이 동네의 골목은 삶과 시가 생성하는 골목이자 삶과 시가 생존해야 할 자리, 미로와 최전선이기도 할 것이다. 이번 시집의 「송천생고기」나 「이 동네의 골목」 「제동이」 「눈 내리는 빨래골」과 같은 작품들의 언어력이 높아 보이는 건 생활의 저력을 동반해 생의 빛과 그림자를 저격(그럴 때 '신동옥어'는 사랑의 세력을 확장한다.)해서이기도 하고, 더구나 이 시편들에는 남도의 유장한 가락이 매장돼 있어서 그가 '한 가락 하는 악공'일 것이라는 것을 은연중 증명한다.

그를 처음 대면하던 날이 떠오른다. 약간 수줍어하는 얼굴 뒤로 언어의 격정과 감각의 격랑이 저 자신도 어쩌지 못하는 피의 기질과 더불어 요동치고 있었다. 내가 잘못 본 것일까. 그날 밤 우리는 잠을 가르면서(그가 날 안 재웠다.) 밤을 횡단해 대낮까지 마셨다. 그런 그가 벌써 여러 해째 금주하고 있다는 풍문이 예까지 들려온다. 그대, 독하구

나! 이제 내 주막에는 눈빛 말빛 손빛 주고받을 술동무 글
동무 귀해 음악소리만 흰 벽을 타고 흐른다오. 그대 시처럼
"모든 시는 어제의 시다."(「어제의 시」, 『고래가 되는 꿈』). 그대
시처럼 "가장 좋은 시는 아직 쓰지 않은 시"(「시작노트」)다.
그게 신동옥의 전언이다. 이 전언을 다르게 말하면, 모든
삶은 지금 이 순간의 삶이며 가장 좋은 삶은 아직 살지 않
은 삶이다. 시인에겐 말이 시가 아니라 '시가 말'이고, '시가
생활'이고, '시가 현실'이다. 언어력이 삶력이고 현실력이다.
새로운 언어가 삶을 발명하고 현실을 발명한다. 시가 미지
의 말을 데리고 생에 불시착할 때, 과거와 현재와 미래가
연동돼 있는 지금 이 순간을 말로서 구현할 때, 시는 말의
새로운 씨앗(빛)이며 시인은 "빛을 전하는 밀사"(「정월에」)일
것이다. 시인은 시로 말할 수 없는 것까지 말하려는 자다.
생의 저편도 생의 이편도 여전히 무의 영토. 지금부터 어떤
시가 쓰일지 어떤 생사와 언어가 도래할지 아무도 모른다.
이생의 이편에서 이생의 저편을 언어로 번역하는 일, 이생
의 한낮에서 저생의 한밤을 식관하는 일 또한 시인의 일이
거늘.

# 은은하게 빛나는, 희고 아름다운 발걸음

유성호(문학평론가)

## 1

이제 신동옥은 20년 가까운 시작(詩作) 생활을 통해 자신만의 문양과 목소리와 표정을 모두 가지게 되었다. 신동옥인 것과 신동옥 아닌 것이 선명하게 나뉘고 전달된다. 이를 두고 그만의 배타적 개성이라고 할 수도 있겠지만, 그것이 모노크롬의 나르시스적 반복이 아니라 끊임없는 자가 충격과 변주로 이루어 낸 확장성 언어라는 점 또한 강조할 수 있다. 그 과정에서 그는, 다른 많은 이들처럼, 시집을 내고, 가정을 이루고, 학위를 받고, 선생이 되고, 이제 어엿한 독자와 식구와 모교와 제자를 존재론적 원적(原籍)으로 삼게 되었다. 그러한 흐름에서 시집 첫머리 시편도 가능했을 것이다.

팥꽃 오므라드는 담장 아래 거미 한 마리 기어간다. 꽃술
을 튕기듯 새로 뽑은 실로 엮은 무늬마다 사로잡힌 몸놀림.
해 다 진 처마 아래 구름을 저미는 빛살. 빈 하늘에 저 혼자
커 가는 꽃대. 빛과 향은 서로 비추며 얽힌다. 새가 집으로 돌
아간 다음 밥을 짓고 나비가 꽃을 떠난 다음 마지못해 일어
나는 사람들. 저녁이면 화색이 돌았다. 담 너머론 속을 드러낸
살굿빛 그 비릿한 바람 속에서도 저마다 핏기를 씻어 낸 꿈.
가정이라는 말이었다. 귀 기울이면 풀벌레 기어가는 아우성.
매달린 이슬마다 숲 한 채씩 이고 진다. 말갛게 가라앉는 지
붕 아래 쪽창으론 소금에 절인 잠과 꿈. 게거품 몽글몽글 토해
내는 불빛으로 겨우, 사람이라는 말이었다.

—「정릉」

백석은 「수라(修羅)」에서 거미 일가의 이산 과정을 둘러
싼 서러움을 토로했지만, 신농옥은 담장 아래 펼쳐지는 '거
미-꽃대-새-나비-풀벌레-이슬'의 연쇄를 통해 '가정'이라
는 말과 '사람'이라는 말이 품은 꿈을 꾼다. 소소하고 잔잔
한 시간의 흐름과 함께 '식솔(食率)'이라는 말이 어울리는,
사람 사는 빛과 향이 뭉클거리는, "그 밤을 거기, 혼자 저
물도록"(「하동」) 있었고 "모든 게 저만치였고 혼자"(「도깨비
불」)였던 그에게 저녁의 화색을 건네준 '숲 한 채'가 깊은

잠과 꿈으로 출렁이고 있다. 적어도 지금의 신동옥은, 이 시편으로 하여 말갛고 소금기 있는 불빛으로, 혼자가 아닌 채로 존재한다.


## 2

내 기억에는 늘 그의 시가 음악과 역사 중간쯤에 있거나, 독백과 연설을 가로지르는 어법을 띠고 있거나, 세속의 정치와 신성의 초월을 동시에 욕망하거나 하는 활달한 언어로 남아 있다. 한 편 한 편 읽을 때나 시집 전체를 하나의 전언(傳言)으로 볼 때나 그 인상은 크게 다르지 않았다. 이번에 건네준 원고 역시 자신의 가파른 실존적 외곽성을 증언하면서도 텍스트의 안과 밖에서 무수히 명멸하는 존재자들의 심미적 순간성을 잡아내는 단정함과 민활함이 느껴진다. 이때 그의 목소리는 소박한 자기 긍정으로 귀결되거나, 대상 자체에 대한 미적 외경으로 나아가거나, 시간의 흐름에 따라 가혹하게 마멸되어가는 일상의 삶을 포착하는 것을 거부하고, 언어와 사물의 존재 형식을 끝없는 '다른 문장'의 불연속적 연속성으로 보여 준다. 그 불연속적 연속성에서 언어의 따뜻함과 감각의 견고함과 사유의 무량함이 함께 묻어난다. 근작에 이르러 이러한 속성들은 더 강화된 듯하다.

꿀벌이 집을 짓고 개미가 굴을 파고
새가 둥우리를 올리듯 짓는 동시에 허물어지는 이야기
결말이 없는 흐름이 전부인 이야기 몇 줌의 흰 별을
얼음장 깔린 광장에 흩뿌리며, 정적 속에서
흐느낌은 더욱 선명한 메아리를 만들어 냈다

—「후일담」에서


나의 노래는 줄기였고 꽃이었고 검불이었다.
숲이 쓰러지고 재가 되어 움이 돋는
그곳에서 나의 노래는 시작되었다.


오직 숨과 울음뿐인 물의 나라에서
덩굴에 매달려 자라다 꽃잎을 흩뿌리듯 파종되는
말들, 하늘 한 귀퉁이 씹어 삼키고 구름을 들이켜며

—「숲과 재」에서


짓는 동시에 허물어지는 이야기를 통해 신동옥은 "결말이 없는 흐름이 전부인 이야기 몇 줌의 흰 별을/ 얼음장 깔린 광장"에 흩뿌리고자 한다. 정적 속에서 그의 흐느낌은 더욱 선명한 메아리를 만들어 냈을 것이다. 그런가 하면 그의 시는 "줄기였고 꽃이었고 검불"이었다. "숲이 쓰러지고 재가 되어 움이 돋는/ 그곳에서" 노래를 시작했기 때문이다. 매달려 자라다 꽃잎 흩뿌리듯 파종되는 말들이야말로 그가 써 온 '시'의 다른 이름이자, 숲처럼 풍요롭고 재처럼 차가운 기억의 형식이 아니었을까? "시라는 허깨비를 향해서, 스스로 삶을 탕진"(「선생님 무덤」)했다는 고백처럼 질풍노도의 젊음을 거쳐 온 그는 이렇게 여전히 완강하게 '시'를 '시'로 쓴다. "노래가 되어서/ 파동이 되어서/ 맥박이 되어서 항진하는 꿈"(「고래가 되는 꿈, 뒷이야기」)을 그 안에 담으면서 말이다.

### 3

첫 시집 『악공, 아나키스트 기타』(2008) 이후 네 번째 시집이다. 그동안 그의 시는 현실의 가공할 폭력성을 맵차게 증언하는 정치적 사유와 결합하기도 하였고, 열정적인 자기 개진을 스스럼없이 욕망하기도 하였다. 그에게 '시'는 많은 생각과 예감을 더욱 강렬하게 전달하는 언어적 구성물로 현상하고 작용해 왔다. 그만큼 그의 시는 용어법이나 서술상의 차원이 아니라 심미적이고 사유적인 차원에서 쓰이며, 그 결과 시는 단순한 기술상의 언어가 아닌 심미적 결정(結晶)을 형성하는 일종의 '존재 내적' 언어가 되어온 것이다. 오랜 서정의 원리에 근원적인 균열을 내면서 "현실의 삶 속으로의 신비의 갑작스런 침입"(프랑수아 레이몽)을 해 온 그의 시가 형이상학적 전율 부재로 특징지어지는 우

리 시의 척박함과 가벼움을 극복하는 대안적 방법으로 등
극하기를 나는 바란다. 그때 우리는 인간 의식 혹은 존재
의 비의를 파악하는 것이 이성적으로만 되는 것이 아니라
감각적 현존을 통해서도 이루어진다는 자각을 한층 투명
하게 가지게 될 것이다. 신동옥 시의 비의는 이성 중심의
인식론적 한계를 넘어서는 시적 초월의 한 방법으로 암시
되고 있기 때문이다. 시의 여러 차원에서 균열의 섬광들을
뿌리면서 그는 그 잔광(殘光)마저 자신만의 시적 존재론으
로 변형해 갈 것이다.

> 밤은 우리의 마지막 뼈마디여서
> 물살에 부서져 더욱 빛나는 당신 눈동자.
> ──「홍하의 골짜기」에서

> 거울 앞에 서면 스스로 빛나던 순간을 떠올린다.
> 반복되는 삶을 둘러싼 연민이 고요히 끓어오른다.
> ─「쌍둥이 마음」에서

당신의 빛나는 눈동자가 밤이라는 뼈마디를 밝히는 순
간, 삶의 연민을 통해 스스로를 빛나게 하는 순간, 신동옥
은 "가장 좋은 시는 아직 쓰지 않은 시"(「시작노트」)임을 예
감하면서 지금으로서는 최선을 다해 "앙상한 웅얼거림이
모여 숲이 되는 꿈"(「봄빛」)을 꾼다. 세상의 "입법자고 예외

자"(「카메오」)인 시인으로서의 특권과 책무를 가지고 "꿈속에나 살아 숨 쉴 물신(物神)을 이편 현실로"(「눈 내리는 빨래골」) 구축(驅逐)하면서 "말씨보다 울대가 먼저 지은 몸의 내력"(「화살나무」)임을 입증하는 소리꾼으로서의 면모를 완성해 갈 것이다. 그 트인 소리로 그는 지금 우리에게 가장 아름다운 정서적 등가물로서 바다와 수평선과 모래사장에 대한 기억을 전해 주고 있지 않은가.

　희고 아름다운 모래사장을 걸었어. 발목을 적셔 가며. 물을 바라보는 게 좋았어. 그렇게 좋을 수가 없었어. 어디까지가 바닥인지. 서로 바닥에 닿으려면 얼마를 더 가야 하는지. 밑바닥까지 보여 주려면 남은 믿음은 얼마여야 하는지. 얼마를 더 자맥질해야 끝장을 볼 수 있는지. 그 검고 투명한 물에 머리카락이 곤두섰어. 눈앞에 보이는 모든 걸 끌어안으려 두 팔을 마주 벌렸어. 어깨 너머에 도사리는 어둠까지 껴안았지. 그렇대도 등 뒤에서 저 혼자 마주 잡는 손깍지. 끓어 넘치지 못할 바에 자라리 어는점을 지켜. 파도는 빙점 아래서 솟구치고 가라앉지. 발목을 적셔 가며 처음 마주친 바다를 기억해. 발을 담그자마자 순식간에 수평선까지 얼어붙어 버린 물결. 밖으로 달아났다가 안으로 디밀었다가. 발목을 적셔가며. 희고 아름다운 모래사장을 걸었어.

——「해일과 파도」

발목을 적셔 가며 처음 마주친 바다를 향해 희고 아름다운 모래사장을 걷는 신동옥의 발걸음이 은은하게 빛난다. '정릉'에서 시작된 그 은은함이 이렇게 기억의 바다로까지 흘러온 것이다. 어쨌든 신동옥은 풍경과 내면을 유추적으로 결속하면서 그 과정에서 필연적으로 발생하는 사물과 주체 간의 항구적 균열을 포착해 낸다. 그 균열의 번짐을 통해 존재는 역설적으로 안정성을 얻는다. 그리고 그 역설적 형상을 통해서만 그는 자신의 기억과 감각에 대해 발언하고 표상한다. 그래서 독자들은 그가 그리는 풍경과 감각 사이에 끼인 비유의 그림자를 통해 그가 세계 내적 존재로서 견지한 세계 이해 방식과 만날 수 있을 뿐이다. 이제 등단 20년을 코앞에 두고 있는 그는 전생에도 시인이었을 것이고 오랜 후에도 시인으로 남아 있을 것이다. 이제 우리가 그에게 말을 건넨다. "결국 우리가 만들 사전은 다시 쓰일 테고/ 이제 당신이 꽃에 대해 이야기할 차례다."(「파릉초」)라고 말이다. 시인이여, 그럴 수 있지 않겠는가.

지은이    신동옥

1977년 전남 고흥에서 태어났다. 2001년 《시와반시》로 등단했다.
시집 『악공, 아나키스트 기타』, 『웃고 춤추고 여름하라』, 『고래가 되
는 꿈』을 썼다. 문학일기 『서정적 게으름』, 시론집 『기억해 봐, 마지
막으로 시인이었던 것이 언제였는지』를 펴냈다.

# 밤이 계속될 거야

1판 1쇄 찍음  2019년 9월 27일
1판 1쇄 펴냄  2019년 10월 4일

지은이 신동옥
발행인 박근섭, 박상준
펴낸곳 (주)민음사

출판등록 1966. 5. 19. (제16-490호)
서울특별시 강남구 도산대로1길 62(신사동)
강남출판문화센터 5층 (06027)
대표전화 02-515-2000 / 팩시밀리 02-515-2007
www.minumsa.com

ISBN 978-89-374-0881-6 04810
      978-89-374-0802-1 (세트)

민음의 시
목록